KB036569

SOREKARANO BOKUNIWA MARATHON GAATTA
by Yataro Matsuura

Original Japanese edition published by Chikumashobo Ltd.

This Korean edition published by arrangement with Chikumashobo Ltd.,
Tokyo, through HonnoKizuna, Inc., Tokyo, and BC Agency

삶이 버거운 당신에게 달리기를 권합니다

마쓰우라 야타로 지음
김지연 옮김

· 프롤로그 ·

잡지 〈생활의 수첩〉 편집장으로 일한 지 3년쯤 지났을 무렵일까. 그때까지 잡지 편집을 해본 경험이 전혀 없었던 나는 매일매일 생전 처음 맞닥뜨리는 일들과 씨름하며 허우적대고 있었다. 그렇게 해서 노력에 상응하는 결과를 얻었느냐면 그렇지도 않았다. 일이 술술 풀리기는커녕 날마다 새로운 가시밭길이 나를 기다리고 있었다.

좀처럼 원하는 성과가 나지 않는 데다 인간관계를 비롯한 이런저런 문제가 꼬여서 긴장을 늦출 수 없었다. 그러다 보니 하루하루 살얼음판을 걷는 기분이었다.

아무튼 그 당시 나는 무거운 책임감에 억눌려 비틀거렸다. 지면을 쇄신하고 판매 부수를 늘리기 위해 편집장으로 뽑힌 터라 기존 편집부의 방침이나 방식을 그대로 따를 수 없었다. 지금껏 시도해본 적 없는 새로운 방법으로 성과를 올리는 것이 나에게 맡겨진 사명이라고 생각했다. 원래 있던 것은 저쪽 구석으로 밀어내고 하나부터 열까지 다 바꿔야 했다. 끊임없이 새로운 방법을 찾아내야 한다며 이를 악물고 버텨냈다.

그렇지만 새로운 방법이 반드시 성공한다는 보장은 없다. 목표로 삼은 성과는 나타날 기미가 보이지 않았다. 성과가 나타나지 않으니 더욱 위험부담이 큰 방법을 시도할 수밖에 없었다. 만에 하나 그래도 성과가 나지 않으면 사업을 접어야 할지도 몰라서 그 압박감은 실로 엄청났다. 사원 30여 명의 생계가 나에게 달렸기에 어깨가 무거웠다.

노력의 성과가 누가 봐도 알 만한 형태로 드러나기까지는 다소 시간이 걸린다. 고작 3년쯤 공들이는 걸로 좋은 결과를 기대하기는 어렵다. 하지만 사람이란 결과가 눈에 보이지 않으면, '내가 지금 뭘 하는 건가?' 하며 자기 일에 회의가 들기 마련이다. 또 언제까지 참고 매달려야 할지 판단이 서지 않고 어디로 가야 할지 몰라서 앞이 캄캄해지고 만다. 그런데도 차마 나약한 소리를 내뱉을 수는 없어서 그 일을 계속하는 길을 선택한다. 남의 바짓가랑이를 붙잡고 "저 대신 이 일 좀 해주세요"라고 애원할 수도 없는 노릇이다.

번번이 어딘가에 툭툭 부딪히면서도 앞으로 나아가는 길밖에 없었다. 그 대상은 사람이거나 일일 때도 있고, 때로는 시대나 문화일 때도 있었다. 조금만 전진하려고 해도 온갖 장애물이 가로막는 바람에 곧장 앞으로 나아갈 수 없는 것, 그게 바로 당시 내가 처한 상황이었다.

마침내 심신이 닳고 닳아 너덜너덜해졌다. 스스로는 아직 버틸 만하다고 여겼지만, 주위 사람들에게는 몹시 지쳐 보였을 것이다.

피로가 쌓이자 맨 먼저 수면장애가 일상화되었다. 너무 피곤한 나머지 집에 돌아가면 기절하듯 곯아떨어졌다. 하지만 한 시간쯤 눈을 붙이고 나면 잠이 확 깼다. 일단 깨고 나면 정신이 말똥말똥해져서 다시 눕지 못했다. 이런 일이 계속 반복되었다. 몸은 천근만근 무겁고 정신은 몽롱했다. 그래도 일을 쉴 엄두는 나지 않았다.

편집장이란 1년 365일, 하루 24시간 내내 책과 잡지에 관해서 생각하고 또 생각해야 하는 자리다. 집에서 쉬는 날도 끊임없이 아이디어를 떠올리고 새로운 콘텐츠를 찾아내야만 한다. 어쨌거나 휴식이라는 게 없는 삶이다. 그렇게 지내는 동안 체력이 현저하게 떨어졌다. 집중력도 저하되고, 계단을 내려가듯 점점 몸 상태가 나빠지더니 급기야 대상포진에 걸리고 말았다. '아, 내 몸이 경고 신호를 보내는구나' 싶었다. 하지만 "대상포진에 걸려서 말이죠"라고 말하며 일을 쉴 수는 없었다.

잠들지 못한다. 그렇다고 쉬지도 못한다. 설령 휴가를 얻는다 해도 긴장을 풀고 푹 쉬지 못할 거라는 사실을 잘 알고 있었기에 더더욱 쉴 엄두를 내지 못했다. 벼랑 끝에 내몰린 사람처럼 계속 일만 했다.

이대로라면 피로 누적으로 머지않아 육체뿐 아니라 정신

적으로도 나가떨어질지 모르겠다 싶었다. 처음으로 '그냥 내버려두면 큰일 나겠구나' 하는 마음이 들었다.

그리하여 심료내과(내과와 정신건강의학과를 통합한 진료과로 내과적 치료와 심리 요법을 병행한다_옮긴이) 문을 두드렸다. 병원에 갔더니 바로 약을 내밀었다.

집으로 돌아와 약을 손에 들고 물끄러미 쳐다봤다. 의사가 지시한 대로 약을 먹으면 그날 하루는 푹 잠들 수 있을지 모른다. 피로가 잠시 사라질지도 모른다. 하지만 영 내키지 않았다.

멍하니 있다가 '그럼, 어떻게 하면 좋을까?'라고 나 자신에게 질문을 던졌다.

'현실에서 조금 벗어나서 일도 잊고 스트레스 해소에도 도움이 되는 뭔가를 해보면 좋을 것 같은데 뭐가 있을까?'

이렇게 궁리하고 있을 때 문득 이런 생각이 내 머리를 스쳤다.

'어디 한번 달려볼까?'

마흔세 살의 겨울이었다.

Contents

4 **프롤로그**

300미터에서 3킬로미터로

17 어디 한번 달려볼까
20 상쾌한 피로감
22 절박한 선택
24 3킬로미터를 향하여
26 귀차니즘의 공격
30 무언가를 꾸준히 한다는 것
32 점이 아닌 선을 그리는 과정
35 작년의 나와는 뭔가 달라
37 온전히 혼자가 되는 시간
39 기분이 좋으면 그만
43 실패에서 배운다
45 처음으로 입은 부상
48 한 단계씩 천천히
52 절대로 무리하지 않는다
54 러닝 용품에 관하여
58 올바른 신발 선택법과 착용법
61 남의 충고를 받아들인다는 것
64 실패를 두려워하지 않는 마음
67 부정적인 생각과 부딪혀보기
69 러너 체형이 되면 보이는 것들
72 모르던 나를 만나다
75 3년 뒤의 나를 상상하기
78 달리기가 없다면 지금의 나도 없다
80 각자에게 잘 맞는 것이 있기 마련

일주일에 세 번, 7킬로미터만

85 걷는 것부터 다시 시작하다
87 나에게 맞는 스트레칭 찾기
90 올바른 자세가 핵심
92 자신의 한계를 안다는 것
95 빨리, 더 빨리
97 두 번째 부상
100 문제는 '체간'이야
102 다리가 아닌 온몸으로
105 지치지 않는 체력의 비밀
108 정답은 없어도 해결책은 있다
110 나만의 리트머스 시험지
114 달리기가 만든 라이프스타일
117 3년이라는 시간
119 비전을 품는다는 것
124 나에게 달리기란

달릴 수만 있으면 뭐든 할 수 있어!

129 9년을 달릴 수 있었던 이유
136 달릴 수만 있으면 뭐든 할 수 있어!
143 마라톤 풀코스에는 스토리가 있다
150 러닝화 착용감의 비밀
153 적어도 끝까지 걷지는 않았다
156 여행을 즐기는 특별한 방법
160 달릴 수 있어서 참 다행이다
164 달리는 방법은 여러 가지
167 세계육상선수권대회를 즐기는 법
172 달리기가 가져온 변화
175 부상에서 자유로워지다
178 달리는 자유만은 빼앗기고 싶지 않아!

1킬로미터 5분 45초를 지키는 삶

183 자유로운 삶에 필요한 일상의 루틴
186 어떻게 먹을 것인가
190 나만의 건강관리법
192 발을 유연하게 만드는 셀프 발 마사지
194 권태기가 찾아오다
197 여기서 멈출 것인가
199 '아름다움'에 눈을 뜨다
201 더 높은 세상을 향한 발견
204 아름다운 달리기에 필요한 것
208 진정한 퀄리티
210 준비의 필요성
213 아름답게 달리기 위한 나만의 페이스
215 나를 위한 제3의 장소
218 과거의 방식에 얽매이지 않으려면
223 잠시 현실에서 벗어나는 시간
228 낯선 거리를 달리는 맛
231 두 시간 계속 달리기
233 무리하지 않는 선에서
235 나이와 사이좋게 산다
237 내가 계속 도전할 수 있는 이유
240 체력은 돈으로 살 수 없다
246 모든 것에 아름다움이 있다

249 **옮긴이의 말** 달리기에 대체 뭐가 있는데요?

300미터에서 3킬로미터로

어디 한번 달려볼까

충동적이라고 할 만큼 가벼운 마음으로 그날 처음 얼떨결에 달리기를 시작했다. 준비운동을 하거나 달리는 방법을 배울 겨를도 없이 무작정 내 방식대로 손발을 움직이며 그냥 달렸다.

집을 나서면 다마강(多摩川)이 금방 눈에 들어오는데 그 강둑을 따라 달리기 시작했다. 그런데 놀랍게도 도통 뛸 수가 없었다.

고작 300미터쯤 달렸을 뿐인데 힘이 들어서 다리가 안 움직였다. 한숨 돌리고 나서 다시 달렸지만 이번에도 숨이 차서 금세 멈춰 서고 말았다. 이래서야 달린다고 말하기도 무색할 지경이었다.

그래도 오랜만에 땀을 흘리면서 상쾌한 기분을 맛보았다. '몸을 움직여서 땀을 흘리는 이런 단순한 동작을 언젠가부터 잊고 지냈구나'라는 생각이 들었다. 내 체력이 이렇게 형편없어졌다는 사실에 적잖게 당황하기도 했다.

나는 원래 운동을 좋아했다. 일상적으로 운동을 접해왔던 터라 몸을 어떤 식으로 움직이면서 달려야 하는지 기억하고 있었다. 그래서 갑작스레 달려야겠다는 충동이 생겼을 때도 어떻게 시작해야 하는지 책이나 잡지를 뒤적여보지 않고 무작정 달릴 수 있었다.

그런데, 이럴 수가! 당연히 잘할 수 있으리라 믿었던 '달리기'가 생각처럼 되지 않아 당황스러웠다. 몸이 내 마음대로 움직이지 않는 것은 솔직히 말해서 큰 충격이었다. 좀 더 나이를 먹었더라면 내 몸 상태에 좌절하고 무릎을 꿇었을 수도 있다. 하지만 당시 나는 아직 마흔세 살이었다.

'내 운동 신경이 겨우 이 정도밖에 안 된다니!' 하며 부정하고 싶은 마음은 접어두고, 뛰는 데만 집중하면서 땀을 흘렸다. 덕분에 기분이 개운해졌다. 한동안 느끼지 못한 쾌감이었다.

감당하기 벅찬 스트레스를 짊어진 탓에 심신이 비명을 질러댔을 때, 의사가 처방해준 약을 먹고 회복하는 방법도 있다. 하지만 그건 근본적인 해결책이 아니라고 직감적으로 느꼈다. 그에 비하면, 달린다는 행위는 이토록 기분을 상쾌하게 하므로 독이 될 리 없다고 판단했다. 그래서 나는 당분간 계속 달려보기로 마음먹었다.

상쾌한 피로감

다른 사람과 의논하거나 달리기 책을 읽어보지도 않고, 혼자서 조금씩 걷고 달리는 행위를 계속했다. 그런 식으로 달려서야 달리지 않는 거나 다를 바 없음을 자각하지 못한 건 아니다. 그래도 '기분이 좋아지면 그만이지'라는 마음이 컸다.

사실 그 당시는 '달린다'는 말을 입에 올리기도 민망한 수준이었다. 기껏해야 30분 동안 3킬로미터 될까 말까 하는 거리를 달리는 게 고작이었으니까.

심지어 계속 달리는 것도 아니어서 조금 달리다가 숨이 가쁘면 걷고, 괜찮아지면 다시 달리다가 또 걷고를 반복했다. 이렇게 달리기와 걷기를 반복하는 것이 이제 막 러너가 된 나만의 달리기 방식이었다.

이런 달리기여도 몸과 마음이 만신창이가 되어 있던 나에게는 심리적인 효과가 탁월했다. 평소 일 때문에 신경이 바싹 곤두서 있어서 진이 다 빠지는 것과는 다른 식으로 시원하게 기운이 빠져나가는 느낌을 안겨주었다.

물론 회사 상황이 달라진 건 아니어서 여전히 눈코 뜰 새 없이 바빴다. 달리려면 준비부터 마무리까지 한 시간쯤 걸리는데, 아무리 바빠도 매일매일 달렸다. 내 삶에서 달리기를 빼면 버텨낼 수 없을 것만 같아서 이른 아침이나 저녁녘에 어떻게든 시간을 짜냈다.

절박한 선택

처음 달리기를 시작했을 때는 차마 눈 뜨고 볼 수 없는 수준이었지만, 매일 달리다 보니 미미하게나마 체력이 향상되기 시작했다. 처음 달리기에 발을 들여놓았을 때는 300미터도 겨우 달렸는데 어느새 500미터를 달리고, 그다음에는 1킬로미터도 달릴 수 있게 되었다. 아무 생각 없이 매일 달리기를 지속하는 동안 뛸 수 있는 거리가 조금씩 늘어났다.

다리를 빠르게 움직이면서 땀을 흘리면 기분이 상쾌해진다. 매일 달리기를 한다고 해서 힘이 들지 않는 건 아니었다. 고통스럽게 숨을 헐떡거리기도 하고, 달리고 나면 어김없이 근육통도 찾아왔다.

"달리는 게 재미있습니까?"

만약 누가 이렇게 묻는다면, 빈말로도 재미있다고 대답하기는 어려웠다. 그래도 달리기를 멈추면 안 된다고 본능적으로 느꼈다.

당시 달리기는 나에게 필수 불가결한 요소였다. 계속 달리지 않으면 내가 끌어안고 있는 문제들을 근본적으로 해결할 수 없다는 생각마저 들었다. 내 몸이 그렇게 외쳤다. 몸이 외치는 소리에 귀를 기울이면서 아무리 힘들어도, 무슨 일이 있어도 매일 달렸다.

주법에 따라서 차이는 있겠지만, 1킬로미터를 한 번도 쉬지 않고 내 페이스를 유지하면서 부담 없이 달리기까지 약 한 달이 걸렸다. 그 한 달 동안은 비가 오든 녹초가 되든 하루도 빼먹지 않고 달렸다.

그때 나에게 있어 달리기는 절박한 선택이었다.

3킬로미터를 향하여

1킬로미터를 가뿐하게 뛸 수 있게 되자 거리를 늘려서 3킬로미터를 완주하는 목표를 세웠다. 늘 그랬듯이 매일 혼자서 계속 달리면서 약 2개월 만에 목표를 달성했다.

3킬로미터를 완주했을 때는 말 그대로 뛸 듯이 기뻤다. 1킬로미터를 뛸 수 있게 됐을 때와는 비교도 안 되게 큰 성취감과 만족감이 북받쳐 올라왔다. 게다가 꽤 긴 거리를 달릴 수 있게 되면서 자신감도 붙었다.

나는 매일 같은 코스를 달렸다. 동일한 코스를 반복해서 달리면 내가 어디쯤에서 멈추고 싶어지는지 얼추 짐작할 수 있는 일종의 예지 능력이 생긴다. 즉, 죽을 것 같다고 느끼는 지점을 알 수 있다.

하지만 언제부터인가 그 지점에 이르러서도 숨을 고르게 쉬면서 달리는 나를 발견하게 된다. 고통이 찾아오는 지점이 조금 더 멀어진 셈이랄까? 3킬로미터를 태연하게 달릴 수 있다는 것은 이렇게 '고통이 찾아오는 지점'이 조금씩 뒤로 밀려나는 것을 의미한다.

'오늘은 어제보다 힘겨워지는 지점이 조금 더 멀어졌구나'라는 경험을 되풀이하는 사이 어느덧 '3킬로미터 완주'의 꿈이 이루어졌다. 300미터도 간신히 달렸던 첫날과 비교해 보면 놀랍게 발전한 모습이었다.

귀차니즘의 공격

머리로는 달리기가 꼭 필요하다는 사실을 받아들였지만, 집을 나설 때마다 귀차니즘의 공격은 계속되었다.

'일단 집 밖으로 나가서 달리기만 하면 돼! 달리고 나면 기분 좋은 피로감이 나를 기다리잖아!'

이렇게 잘 알면서도 운동복으로 갈아입는 사이 "아, 귀찮아"라는 말이 입 밖으로 새어 나오고 만다.

아무리 장거리를 빠르게 달릴 수 있게 되어도 귀차니즘은 사라지지 않았다. 사실 귀찮다는 생각은 달리기뿐 아니라 일터나 일상생활에서도 툭하면 파고든다.

뭔가 새로운 일을 계획할 때나 외출해야 할 때, 꼭 해야만 하는 일인데도 나중으로 미루거나 대충 때우고 싶은 마음이

스멀스멀 올라온다. 누구나 공감하지 않을까?

나 역시 매사가 순조롭게 시작되느냐 하면, 절대로 그렇지 않다. 일종의 용기가 필요하달까? 스스로 격려하면서 '에잇, 한번 붙어보자!' 하며 큰마음 먹고 첫걸음을 떼야 하는 일이 수두룩하다.

어찌 보면 귀찮다고 느끼는 건 너무도 당연하다. 그렇기에 원하는 목적을 이루려면 매번 귀차니즘과 전쟁을 벌여야만 한다. 의식적으로 노력해야 한다는 말이다.

매일 달리기 위해 한 걸음 내디딜 수 있으면, 다른 일들이 번거롭게 느껴지는 순간에도 조금은 마음을 강하게 먹을 수 있다.

'살다 보면 귀찮은 일은 얼마든지 있어'라고 자신에게 속삭이면서 달리기를 습관으로 삼아보는 건 어떨까? 살아가는데 일종의 힘이 될 것이다.

아니면, 목욕하는 것과 마찬가지라고 생각해보면 어떨까? 욕실에 들어가기까지는 귀찮고 성가신 면이 있지만, 막상 들어가서 씻고 나면 '아, 개운해!'라는 탄성이 절로 나온다. 목욕과 같다고 되뇌다 보면 달리고자 하는 일말의 용기가 생기지 않을까?

다 끝난 뒤에 '아, 개운해!'라고 말하는 자신을 상상해보면, 귀차니즘에 지지 않고 한 발 내디딜 수 있다. 일도 매한가지다. '에잇, 한번 붙어보자!'라며 용기를 내서 시작한 덕분에 조금 더 진행돼서 다행이라는 기분을 맛볼 수 있다면 대단히 기쁜 일이다.

무언가를 꾸준히 한다는 것

한 가지 더 달리기를 통해서 최근에 깊이 깨달은 바가 있다. 매일이든 2, 3일에 한 번이든 일상적으로 내가 계속하는 것이 쌓이고 쌓여서 언젠가 반드시 어떤 성과로 나타난다는 사실이다. 이는 보람이나 실감처럼 감각적으로 경험하기도 하고, 숫자처럼 객관적인 자료로 드러나기도 한다.

달리기뿐만 아니라 매일 하는 식사에서, 아주 사소한 업무에서, 아니면 인간관계에서도 날마다 무언가를 꾸준히 하는 것은 대단히 중요하다. 꾸준히 한다는 것은 점으로 끝내지 않고, 점과 점을 이어서 선을 만든다는 뜻이다. 한 번 하고 포기하지 않고, 반드시 다음 기회를 만들어내서 조금씩이라도 이어가야만 어떤 식으로든 성과를 낼 수 있다.

업무나 인간관계는 물론이고 보잘것없는 일상에서도 점처럼 단편적으로 끝나버리는 일은 흔하디흔하다. '중단'은 시작도 하지 않은 백지상태와는 다르다고 생각할지 모르지만, 어차피 무언가로 연결되지도 축적되지도 않는다. 단지 그 일을 해봤다는 자기만족만 남을 뿐 결과적으로 아무것도 손에 넣을 수 없다.

성과를 얻고 싶다면 시간의 경과와 더불어 관계가 깊어지고, 넓이가 확대되며, 깊이가 깊어질 수 있도록 생각하는 게 좋다. 거듭해서 노력하지 않으면 원하는 결과는 나오지 않는다.

일회성 경험은 시간과 함께 흔적도 없이 사라진다. 정성을 기울였던 일이 그렇게 사라지는 것이 얼마나 안타까운지 잘 알면서도 시간을 들여서 지속하기란 결코 만만치 않다.

이런 생각을 하면서 달리기를 비롯한 세상만사에는 차근차근 쌓아가는 과정이 필요하다는 것을 깨달았다. 무엇이든 꾸준히 하는 게 중요하다.

점이 아닌 선을 그리는 과정

SNS와 인터넷이 발달한 지금, 세상엔 반짝 나타났다 사라지는 일들이 넘쳐난다. 모든 정보는 실시간으로 흘러가기만 한다. 여러 가지 프로젝트를 기획하고 사업을 시작하기도 하지만, 거의 다 점만 찍는 수준으로 끝나고 좀처럼 선으로 연결되지 않는다.

손댄 일이 시간과 함께 차곡차곡 쌓이면서 성과를 나타내거나 확장되는 것을 보기가 하늘의 별 따기만큼 어려운 시대를 살고 있다. 그래도 점으로 끝내지 않고 선을 그리듯이 쌓아가는 작업을 계속하는 회사도 있고 프로젝트도 있다. 그런 회사나 프로젝트가 어떤 식으로 일을 진행하는지 살펴보면, 반드시 어떤 하나의 성공이 다음 성공을 낳는 식으로 조금씩 성장해가는 것을 알 수 있다. 무슨 일이든지 선으로 생각해야만 결과를 얻는다는 증거라고 생각한다.

그 당시 나는 매일 달렸다. 점이 아니라 선을 그리려고 의식적으로 그렇게 했던 건 아니다. 다소 극단적인 생각이었을지 몰라도 하루라도 쉬면 제로부터 다시 시작해야 할 것만 같아서였다. 어렵게 두 달 동안 하루도 빠짐없이 달렸는데, 괜히 하루 쉬었다가 그동안의 노력이 전부 물거품이 될까 봐 노심초사했다.

지나친 걱정이라고? 나는 그렇게 생각하지 않는다. 한번 몸에 붙은 습관은 계속 유지해야 한다. 반복이야말로 힘이니까.

달리기도 마찬가지다. 이틀에 한 번, 사흘에 한 번이라도 좋으니 자신의 몸 상태에 맞춰 규칙을 만들고 이를 지킴으로써 달리는 습관을 만드는 것이 좋다.

인체는 참으로 신비로워서 하루를 쉬면 그다음 날은 시작하기가 갑절로 힘들어지기 마련이다. 계속하던 일을 잠시 중단하면 곧바로 원점으로 되돌아간다. 이건 진리다. 다시 과거에 자신이 올라갔던 지점까지 오르려면 시간이 걸린다.

울며 겨자 먹는 심정으로 자신을 괴롭힐 필요는 없지만, 때로는 도전하고 인내하면서 습관이 붙을 때까지 계속해야만 형태가 잡힌다는 것을 알아야 한다. 거르지 않고 지속해야만 성과를 얻을 수 있다는 사실을 달리기 시작하면서 새삼스레 깊이 깨달았다.

작년의 나와는 뭔가 달라

달리기는 나를 훈련시키면서 동시에 내가 어떤 사람인지 일깨워주었다. 나는 강인한 정신력을 소유한 사람은 아니지만, 달리는 습관을 통해 나의 강점과 약점을 마주할 수 있었다.

가능하면 습관 따위는 늘리고 싶지 않다고 생각하는 사람이 많은 듯하다. 하지만 일상에 '달리기'라는 습관 하나를 덧붙이는 것만으로도 자신에 대해 많은 것을 배울 수 있다. 자신을 바라보는 시간이 늘어나기 때문이다.

배울 기회가 늘어난다고 해서 매일 그 사실을 자각하는 것은 아니다. 눈으로 직접 확인하기는 어렵더라도 '작년의 나와는 뭔가 달라'라는 느낌이 어느 순간 자기 안에서 싹트기 마련이다. 화를 덜 내는 것 같다거나 예전보다 성격이 온

화해진 것 같다거나 하는 식으로 말이다.

구체적으로 어디가 어떻게 달라졌다고 다른 사람에게 설명할 수 있을 만큼 눈에 보이는 변화는 아닐 수 있다. 하지만 달리기 전의 나와 지금의 나는 확실히 다르다.

우리 같은 보통 사람은 마라톤 선수가 아니라서 온종일 달리기에만 매달릴 수 없다. 달리기 말고도 회사 일이며 독서, 집안일 등 할 일이 산더미로 쌓여 있다. 그런 일들이 서로 작용하면서 얻은 깨달음과 배움이 형태를 만들어가는 것, 그게 바로 성장이 아닐까.

나는 달리기도 성장을 촉진하는 중요한 요소라고 생각한다. 단, 하나의 요소일 뿐 절대적이지는 않다. 달리기를 생활의 일부로 받아들이면, 일과 독서와 집안일처럼 쌓이고 쌓여 다른 것들과 화학 반응을 일으키면서 마음을 너그럽고 여유롭게 성장시켜주리라 믿는다.

온전히 혼자가 되는 시간

옷을 갈아입고 신발을 꿰신고 밖으로 나간다. 가볍게 스트레칭을 하고 천천히 달리기 시작한다. 이제부터 나만의 시간이 시작된다.

곰곰이 생각해보면, 우리는 의외로 혼자서 시간을 보내는 일이 거의 없다. 직장에서는 동료와, 집에 돌아오면 가족과 함께하면서 대부분의 시간을 누군가와 공유한다.

하지만 달리는 동안은 누구의 방해도 없는 온전히 혼자만의 시간을 가질 수 있다. 게다가 그 시간에는 오로지 달리기에만 집중하기 때문에 여러 가지 현실적인 문제를 잊을 수 있다.

달리기 시작한 후 얼마쯤 시간이 지나면 끊임없이 이어지던 생각이 없어지면서 무념무상 상태가 된다. 그 상태가 내게는 일종의 안식처가 되어주었다. 생각의 굴레에서 해방된 듯한 홀가분한 느낌이 들었다.

'혼자가 되는 것'은 나에게 유익한 시간이었다. 심리적 훈련이 되었다고 할까. 나를 천천히 바라보면서 내가 어떤 사람인지 알아가는 시간이었다. 이 이야기는 뒤에서 좀 더 자세히 풀어보려고 한다.

기분이 좋으면 그만

달리기는 마라톤, 조깅, 러닝이라 불리기도 한다. 명칭이 어찌 됐든 '멋진 몸매를 만들고 싶다', '기록을 단축하고 싶다', '대회에 출전하고 싶다', '살을 빼고 싶다', '건강을 유지하고 싶다' 등 사람들은 저마다의 목적을 가지고 달리기를 시작한다.

목적을 달성하려면 어느 정도 노력하는 자세가 필요하다. 달리기를 통해서 목적을 달성하고자 할 때도 의무감과 노력을 빠뜨릴 수 없다.

하지만 러너 중엔 '근성을 가지고 이를 악물고 노력해야 한다', '힘든 건 당연하다'는 식의 생각에 얽매인 사람이 많다. 운동부 특유의 엄격함이 사고의 배경에 자리 잡고 있는 것이다. 나는 이런 엄격한 사고방식에 위화감을 느낀다.

어떤 식으로 연습하고 달려야 하는지 책을 읽거나 다른 사람들의 의견을 들으면서 예비지식을 쌓은 후에 달리기를 시작했다면, 아마 나도 운동부 스타일로 달리는 것에 아무런 저항감을 느끼지 않았을 것이다.

또한, 전력을 다하는 것은 물론이고 어떤 고통도 감수하면서 목적을 달성하는 것에서 달리기의 의의를 찾았을지도 모른다. '근성 없이 어떻게 달린단 말인가!' 하면서 말이다.

그러나 다행인지 불행인지 그냥 충동적으로 달렸더니 기분이 좋아진 것을 계기로 계속 달려봐야겠다고 가볍게 시작한 덕분에 나는 근성이나 노력과는 무관하게 달리는 행위 그 자체를 즐길 수 있었다.

시간이며 거리, 체중 변화 따위는 신경 쓰지 않고, 상쾌한 기분과 생각으로부터 벗어나는 홀가분함을 경험할 수 있었기 때문에 진득하게 계속할 수 있었다. 이를 악물고 참아야 할 정도로 고통스러웠다면 아마 진즉에 그만뒀을지 모른다.

휴일에 맛있는 커피와 쾌적한 공간을 제공하는 카페에 가서 빈둥거리는 모습을 상상해보라. 긴장이 사라지고 마음이 편안해지는 것을 느낄 수 있다. 나에게 달리기는 그렇게 기분을 전환하는 방법 중 하나였다.

실패에서 배운다

한 번도 멈추지 않고 3킬로미터를 달릴 수 있게 됐을 때쯤 비로소 러닝용 신발과 운동복을 장만했다. 러닝용이라고 했지만 사실 뭐가 좋은 건지 하나도 몰랐다. 혼자 달렸기에 딱히 주위에 물어볼 만한 사람도 없어서 그저 내 느낌만으로 물건을 골랐다.

솔직히 말해서, 지금 돌이켜보면 당시에 산 것 중에 쓸 만한 물건은 하나도 없다. 감만 믿고 쇼핑한 사람이 좋은 물건을 손에 넣을 턱이 없지 않은가. 그래도 그건 그것대로 만족한다.

달리기 지식이 거의 제로에 가까운 내가 고른 물건이 괜찮을 가능성 역시 제로에 가까웠다. 하지만 '신어보니 이건 영 별로네'라는 실패를 되풀이하면서 점점 어떤 물건이 내게 필요한지 깨달을 수 있었다.

직접 스포츠용품점에 가서 한 바퀴 쭉 둘러보고 고심한 끝에 제법 그럴싸한 것을 골라도 막상 써보면 '아, 또 실패다' 싶은 일이 반복되었다. 물론 지금이야 그런 실패가 값진 경험이라는 사실을 잘 안다. '멍청하게 이런 걸 돈 내고 사다니!' 하면서 배우는 것이다.

실패라는 경험이 없으면 아무것도 배울 수 없기에 그 시간은 절대로 무의미하지 않다. 그르치지 않으려고 이리저리 재어보고 가장 좋은 물건을 선택하는 게 현명한 행동처럼 보인다. 하지만 실패를 경험하지 않는 것은 안타까운 일이다. 배울 기회가 사라지기 때문이다.

사실 나는 신발이며 운동복을 잘못 고르는 바람에 고생을 이만저만한 게 아니었다. 대신 그런 경험을 통해 실천적 지혜도 많이 얻었다. 실패는 결코 손해가 아님을 달리기를 하면서 다시 한번 깨달았다.

처음으로 입은 부상

나름대로 달리기에서 보람을 느끼기 시작했을 무렵, 그러니까 충동적으로 달리기 시작한 지 1년쯤 지났을 때였다. 처음으로 부상을 입고 말았다.

하루는 복숭아뼈 안쪽이 욱신거렸다. 그래도 중단하기 싫어서 달리러 나갔는데 통증이 사라지기는커녕 점점 더 심해졌다. 결국 다리를 질질 끌면서 돌아와야 했다.

병원에 갔더니 '부주상골증후군'이라는 진단을 받았다. 발 안쪽에 튀어나온 작은 뼈가 염증을 일으키는 증상으로 운동하는 사람들 사이에는 흔하다고 했다. 염증이 생기는 원인은 다양한데, 내 경우는 달리는 자세가 나쁜 것이 문제였다.

달리기만 하면 된다고 무작정 달린 탓도 있었지만, 자세도 엉망인 데다 신발도 나에게 맞지 않았다. 애당초 '올바른 달리기 방법'이라는 게 있으리라고는 꿈에도 생각지 못했다.

그동안 맞지 않는 신발, 엉망인 자세로 마음만 들떠서 1킬로미터, 3킬로미터를 달렸던 것이다. 그렇게 내리 1년을 달렸으니 발에 탈이 안 나고 배기겠는가. 나중에 안 사실이지만 하루도 빠짐없이 달리는 것도 능사는 아니었다.

진단을 받고 발이 다 나을 때까지 한 달 반 정도 달리기를 접어야 했다. 매일 달리다가 갑자기 한 달 반이나 쉬어야 했기에 기분이 상당히 우울했다. 그동안 나름대로 체력을 키우고 달리기 감각을 익혀 왔는데 하루아침에 말짱 도루묵이 되지는 않을까 애를 태웠다.

그럴 때면 생각하기 마련이다. '대체 왜 내가 이런 꼴을 당해야 하는 거야! 난 아무 잘못이 없는데'라고.

어떤 경우를 막론하고 '문제의 원인은 내가 아니다'라는 생각은 바람직하지 않다. 달리다가 다쳤을 때도 마찬가지다.

만약에 회사 업무나 일상생활에서 문제가 생겼다면, 어느 정도 다른 사람에게 책임을 물을 수도 있다. 하지만 달리기는 다르다. 다른 사람은 아무 상관이 없으므로 모든 원인은 자신에게 있다.

왜 부상을 당했는지 자기 자신을 응시하면서 생각해보는 것 외에는 달리 방법이 없다는 말이다. 나도 그때 처음으로 나 자신에게 질문을 던지며 지금까지 해온 내 방식을 돌아보고 근본적으로 뜯어고칠 기회를 가질 수 있었다.

'뭐가 잘못됐을까?'

우선 매일 꼬박꼬박 달린 게 문제였다. 당시엔 나의 심리적 안정을 위해 어쩔 수 없는 선택이었으나 그건 확실히 발에 부담을 주는 행위였다. 나 같은 초보 러너는 2, 3일에 한 번씩 달리는 게 좋다는 것을 뼈아픈 경험을 통해 깨달았다.

둘째, 자세가 나빴다. 내 멋대로 달렸으니 다리를 버둥거리며 되는대로 달렸을 게 뻔하다. 인사치레로도 '달리는 사람'의 자세라고는 할 수 없었으리라. 올바른 달리기 자세가 몸에 배지 않은 사람이 마구잡이로 달리면 어떻게 되는지 아무도 가르쳐주지 않았다. 물론 배울 생각을 하지도 않았다. 그러다 보니 나쁜 자세를 교정할 기회도 없이 계속 달리다가 부상을 입고 만 것이다.

셋째, 나 같은 초보자는 달리기가 아니라 걷기부터 시작해야 했다. 단, 무작정 걷는 것이 아니라 바른 자세로 걸어야 한다. 구체적으로 말하자면, 3킬로미터를 걷되 조금씩 속도를 높이면서 걷다가 서서히 달리기 시작하는 것이 가장 좋은 달리기 방법이라고 한다.

나는 성격이 급하고 상상력이 풍부한 편이라서 여러 단계를 건너뛰고 일을 시작하는 버릇이 있다. 그게 옳지 않다는 사실을 이때 온몸으로 납득했다.

또한 달리기 전에 자기에게 맞는 코스를 계획하고, 스트레칭도 하고, 신중하게 시동을 거는 것이 얼마나 중요한지도 배웠다. 아킬레스건을 이완시키고 손발을 푸는 과정을 생략하고 달리기 시작하거나 몸이 아직 준비되지 않았는데 갑자기 속력을 올리면 불필요한 부담이 가중되어서 자칫 사고나 부상으로 이어질 수 있다.

일이나 일상생활도 마찬가지다. 거쳐야 할 단계를 거르고 난데없이 마지막 단계로 뛰어들면 사고가 나기 십상이다. 무슨 일이든지 사전에 어떤 순서로 처리해야 할지, 무엇을 준비하면 좋을지 고민하고 난 다음에 실제로 행동에 옮기면 웬만큼 원만하게 진행된다. 물론 신중하게 추진하더라도 예상치 못한 문제에 직면하는 경우도 허다하다. 하지만 어떤 일이든 단계를 차근차근 밟는 것보다 빠른 지름길은 없다.

한 달 반 정도 달리기를 중단해야 할 때도 수면장애 같은 문제는 발생하지 않았다. 달리기를 시작하기 전에 느꼈던 시련의 골짜기를 걷는 기분은 어느새 싹 사라지고 없었다.

일은 여전히 힘들었지만, 마음은 조금 편해진 듯했다. 비록 방법이 잘못돼서 부상은 입었을망정 달리기를 시작한 것 자체는 옳은 선택이었다. 그동안 비뚤어졌던 일과 삶에 대한 태도가 달리기를 통해 똑바로 자리를 잡아가는 듯한 기분이 들었다.

꾸준히 달리면 성과가 나오기 때문에 자신감도 생겼다. 300미터도 겨우 달렸던 내가 3킬로미터를 달리다니, 대단한 성과가 아닌가! 더구나 달리면서 일어나는 변화를 내 눈으로 확인할 수 있으므로 자신감이 안 생기려야 안 생길 수 없었다.

나는 쉬는 동안 전문 서적과 인터넷의 도움을 받으면서 달리기에 필요한 지식을 습득했다. 지금까지 달리기가 뭔지도 모르고 그릇된 지식을 믿으며 착각에 빠져 있었음을 통감한 것도 이때였다.

'절대로 무리하지 않는다.'
'혹시라도 통증이 나타나면 반드시 멈춘다.'
'걷기부터 시작한다.'

충분히 쉬면서 발이 회복됐을 무렵에도 나는 달리지 않았다. 걷기부터 다시 시작했다. 내 달리기는 부주상골증후군을 경험한 덕분에 올바른 달리기로 진화했다.

러닝 용품에 관하여

요즘은 시중에 싸고 질 좋은 운동복이 많이 나와 있다. 전문점이 아닌 곳에서도 꽤 괜찮은 운동복을 살 수 있다. 운동복은 비싸다고 다 좋은 게 아니다. 딱히 성능에 집착할 필요도 없다.

나는 다양한 러너를 만나왔는데, 자기가 어떻게 달리는지 잘 아는 사람은 운동복의 성능에 별로 관심이 없었다. 왜냐하면 운동복은 그저 자주 빨아 입는 소모품에 불과하기 때문이다. 입는 사람이 자신의 가치관에 따라 선택한 것이라면 뭐든 상관없다고 생각한다.

그런데 신발에 관해서는 입장이 사뭇 다르다. 내 발에 맞는 치수를 골라서 바르게 신는 것이 굉장히 중요하다.

발에 안 맞는 신발을 신고 있는 러너가 꽤 많다. 내가 처음에 그랬듯이 대부분 자기 치수보다 큰 신발을 신고 있다. 신발 가게에서 발 크기를 재고 나서도 그 치수를 선택하지 않는 사람이 많다. 신발은 작으면 문제가 되지만 조금 큰 건 어떻게든 조절해서 신으면 된다는 이상한 생각이 파다하게 퍼져 있기 때문이다.

스스로 판단해서 신발을 살 때면 거의 다 약간 큰 신발을 고른다. 신발 끈도 맨 마지막만 세게 묶으면 그만이라고 여기는 경향이 있다. 전부 틀린 생각이다.

신발을 고를 때는 반드시 가게 점원에게 부탁해서 발 크기를 먼저 재어봐야 한다. 주문 제작을 하라는 말이 아니다. 일반적으로 신발 가게와 스포츠용품점은 손님의 발 크기를 재고 나서 발에 맞는 신발을 추천하기 마련이므로 그걸 먼저 신어보고 결정하라는 말이다.

다들 오랫동안 신발을 신고 살아온 탓에 저마다 이 정도가 딱 맞는다는 감각을 가지고 있다. 아무리 가게 점원이 "손님, 그건 안 맞아요"라고 해도 "아니요, 저한테는 이게 딱 맞아요"라고 박박 우기며 자기만의 감각을 바꾸려 하지 않는다.

객관적으로 자기 발 크기에 맞는 신발을 신어야 한다는 건 두말하면 잔소리다. 그러니까 가게 점원이 하는 말을 꼭 새겨들어야 한다.

신발 끈을 묶는 방법도 똑같다. 너무 세지도 않고, 그렇다고 너무 느슨하지도 않게 '이게 가장 편안해'라는 느낌에 의지해왔겠지만, 그게 틀림없이 옳다고 단정 지어서는 안 된다. 9년째 달리기를 계속해온 나도 최근에서야 '신발 끈 제대로 묶는 법'을 알게 되었으니까.

올바른 신발 선택법과 착용법

러닝화는 평소에 신던 운동화보다 두 치수 작은 것을 선택하는 게 맞다. 그리고 신발 끈은 그냥 매는 것이 아니라 발을 감싼다는 느낌으로 묶는 게 중요하다. 신발이란 발을 둘러싸는 물건이기 때문이다.

신발을 신을 때는 발가락 쪽 세 번째 구멍까지 끈을 풀고 발을 넣은 후 발을 감싸듯이 끈을 죄어가야 한다. 끈을 구멍에 끼우고 발 모양에 맞게 양쪽에서 발을 싸는 작업으로, 단순히 끈을 묶는 게 아니라 양쪽의 구멍이 뚫린 천을 들어 올려서 가운데서 맞추면서 잡아당기는 느낌이다. 번거롭더라도 신발을 신을 때마다 끈을 풀었다가 다시 구멍에 끼우고 묶는 것이 이상적이다.

위쪽만 꽉 조이게 묶고 중간이나 발가락 쪽은 느슨하게 해서 신는 사람들이 있는데 그건 그다지 좋은 방법이 아니다.

또 밑창이 두껍고 쿠션감이 좋은 신발은 너무 잘 튕겨서 금방 지치므로 피하는 게 좋다. 신발 밑창은 발이 받는 충격을 흡수해주는 이점이 있지만, 그만큼 발이 더 세게 땅을 박차야만 하는 문제점도 있다. 밑창이 두꺼운 신발을 신고 뛰는 것은 마치 매트 위에서 뛰는 것과 같아서 체력 소모가 상당히 심하다. 그러므로 밑창이 두꺼운 신발은 장거리 달리기에는 맞지 않는다.

반대로 충격 부담을 고려하면, 밑창이 너무 얇은 신발도 좋지 않다. 그러니까 여러 종류를 신어보면서 자신에게 맞는 신발을 찾아야 한다. 제조업체마다 밑창이며 발 모양이 다르므로 반드시 신어보고 나서 '바로 이거다'라는 느낌이 오는 걸 고르는 게 좋다.

달리기가 생활화된 사람에게 신발은 수명이 정해진 소모품이다. 신발 바닥이 점점 닳기 때문에 비싼 신발을 고집할 필요가 없다. 나도 특정 브랜드에 집착하지 않고 그저 나에게 맞는 신발을 고른다. 한꺼번에 몇 켤레씩 쟁여두는 일도 없다. 1년 동안 아스팔트 위를 달리다 보면, 어느덧 밑창이 닳고 닳아서 신발을 교체해야 할 시기가 자연스레 찾아오기 마련이다. 그때 새로 장만해도 충분하다.

남의 충고를 받아들인다는 것

신발을 고를 때처럼 내가 옳다고 믿어 의심치 않았던 일들이 실은 그 반대였다는 것을 종종 경험한다.

어지간히 난처한 상황이 발생하지 않는 한 사람은 자기 생각이나 방식을 바꾸지 않는다. 바꾸고 싶어 하지도 않는다. "난 이게 좋아"라고 고집부리겠지만, 실제로 그건 자기 자신에게 도움이 되지 않는다.

'더 괜찮은 방법이 있을지도 몰라, 내 생각이 짧을 수도 있잖아.' 이렇게 생각하면서 남의 충고를 순순히 받아들이는 순수한 사람들은 자신의 사고방식이나 방법을 쉽게 바꿀 수 있다. 이런 태도는 정말로 중요하다.

개인의 능력이나 경험은 제한되어 있어서 새로운 무언가

를 흡수하고 싶고 계속 성장하고 싶어도 금방 한계에 부딪히게 된다. 나는 달리기와 함께한 지난 시간을 통해 '이런 것도 몰랐다니, 난 정말 어리석구나' 하며 내가 얼마나 부족한지 여러 번 깨달았다. 다른 사람의 말에 귀를 기울이며 지금까지의 자신을 버리고 다시 처음부터 시작하고자 하는 마음이 있어야 좋은 결과를 낳을 수 있다는 것을 배웠다.

흔히들 일도 그럭저럭 잘 풀리고 생활에도 딱히 문제가 없다면, 굳이 자기만의 스타일을 바꾸면서까지 궤도에서 벗어날 필요가 없다고 생각한다. 그런 생각에 빠지면 여간해선 새로 시작하지 못한다.

순수한 마음으로 반성하고 지금까지 자신이 일궈온 모든 것을 내던지더라도 새로 시작하려는 용기가 있는 사람은 앞으로도 계속 성장해갈 수 있다. 왜냐하면, 다시 처음부터 도전하고자 하는 용기가 그 사람의 그릇을 크게 만들어주기 때문이다.

순수한 마음에는 가속도가 붙어서 순수함이 순수함을 낳

는다. 순수한 마음이 결과적으로 사람의 성장에 귀한 밑거름이 된다는 사실을 달리기를 통해 배웠다.

그렇다면, 순수함이란 도대체 뭘까? 다른 각도로 한번 생각해보자. 이를테면 어떤 일을 시작하기란 그다지 힘들지 않아도 계속하기는 힘들다. 왜 그럴까? 뭔가를 계속하기 위해서 꼭 필요한 것은 '근성' 따위가 아니라 개인이 갖춘 최소한의 '지식'과 '지혜' 등의 교양이라고 나는 생각한다. 그러한 것들이 순수함을 만들기에 소중히 여겨야 한다.

순수한 사람은 유연하게 성장하면서 자신의 세계를 점점 변화시켜나간다. 나는 온갖 경계를 자유롭게 넘나들면서 새로운 분야에 발을 들이는 사람을 진심으로 존경한다. 그렇게 순수하고 마음이 곧은 사람들이 용기를 내서 세상을 넓혀가기 때문이다.

달리기는 육체의 훈련이면서 동시에 내면의 훈련이기도 하다. 왜냐하면, 달리기에는 타인의 충고를 받아들일 수 있는 순수한 마음이 강하게 요구되기 때문이다.

애초에 나는 무기력한 상태에 빠져 더는 버틸 재간이 없어서 달리기를 시작했다. 체력을 단련하기 위해 시작한 게 아니었다. 체력을 단련하는 것은 물리적이며 외적인 문제라고 할 수 있다. 반면에 나에게 달리기는 좀 더 내면과 이어진 것이었다.

당시 나는 어째서 의사가 처방해준 약은 거들떠보지도 않고 밖에 나가 달려보기로 결심했을까? 심지어 매일 달리려고 고집을 부렸을까? 아마도 내 속에 존재하지만 보이지 않는 부분을 갈고닦는 걸 통해 기진맥진한 상태에서 벗어나보자고 본능적으로 생각했던 것 같다. 지금은 그 점을 잘 알고 있다.

"달리기를 시작하기 전에 좀 더 알아보지 그랬어?"

"주위 사람한테 좀 물어봤으면 좋았을 걸."

사람들은 흔히 이렇게 말한다. 하지만 나는 처음부터 남에게 배우기보다는 직접 시행착오를 거치면서 실패를 경험하고 싶었다. 실패는 결코 두려움의 대상이 아니다. 오히려 실패는 값진 보물이므로 실패가 없는 인생은 시시하기 그지없다고 생각한다.

나라고 해서 이루고자 하는 목표가 없고 성취욕이 없겠는가. 단지 실패하지 않으면 원하는 자리에 절대로 도달할 수 없음을 알고 있을 뿐이다. 실패에 실패를 거듭하면서 난관을 극복하지 못하면 내가 꿈꾸는 모습이 될 수 없다고 확신한다.

넘어지지 않기 위해 무언가에 의지하는 짓은 하고 싶지 않다. '실패하지 않으려면 어떻게 해야 하는가?' 하는 생각에 몰두하다 보면, 갈수록 스스로 판단을 내리기가 불안해져서 아무것도 할 수 없게 된다.

세상에 완벽한 건 없다. 사전에 이것저것 너무 많이 따지다 보면 나한테는 무리라고 결론 짓고 시도조차 안 하게 되기 쉽다.

그렇다면 실패를 두려워하지 않고 시작하려면 도대체 무엇이 필요할까? 물론 사람마다 다르겠지만, 일단은 물불 가리지 않고 저지르고 보는 자세라고 생각한다. 그것만으로 척척 진행되지 않으리라는 점도 자각해야 한다. 뒤통수를 맞는 일이 일어날 수도 있다. 충동심도 소중히 여기면서 다음 발걸음을 내디뎌야 한다는 말이다.

어떤 일을 시작하든 크고 작은 실수는 생긴다. 실패를 되풀이하고 난 다음에야 비로소 여러 가지 길이 눈에 들어오는 법이다. 나는 그 사실을 달리기를 통해 더더욱 크게 실감했다.

부정적인 생각과 부딪혀보기

결함이나 불편 사항은 재빨리 찾아서 뜯어고쳐야 한다고 믿는 사람이 있다. 물론 나도 그렇게 생각할 때가 있다. 단지 나는 그런 상황에서 불편하거나 부정적인 부분을 배제하려고 하지는 않는다. 피하지 않고 일부러 다가간다고나 할까. 그런 부분일수록 여러 가지 배울 점이나 아이디어가 숨어 있음을 알기에 소중하게 여기고 싶다.

내 앞에 놓인 물이 얼마나 더러운지 궁금하면 물속에 손을 집어넣어 봐야 한다. 그것이 사물을 이해하는 방법이며, 더 깊이 알아내는 비결이다. 실제로 물을 만져보지도 않고 "이 물은 더러운 물이다"라고 말하는 사람은 그 정도 단계에서 멈추는 사람이다. 얼마나 오염됐는지 알려면 몸소 체험해보는 수밖에 없다.

달리기도 똑같다. 실제로 달리지 않았더라면 모르고 살았을 것들을 많이 배우고 얻었다. '달리기는 힘들다, 피곤하다, 귀찮다, 괴롭다'라는 부정적인 생각과 정면으로 부딪혀보기 바란다.

불은 위험하니까 가까이 가지 말아야지, 칼은 손을 벨 수 있으니까 쓰지 말아야지, 하면서 모처럼 허락된 기회를 피하기만 하면 사람은 영원히 성장할 수 없다. 불에 데면서 불이 얼마나 위험하지 알고, 손가락에 상처를 내면서 칼이 얼마나 날카로운지 깨닫기도 한다.

러너 체형이 되면 보이는 것들

달리기가 습관화된다고 해서 괴로움이 사라지는 건 아니다. 달려도 괴로운 건 여전히 괴롭다. 그래도 3년쯤 달리다 보면 고통은 줄어든다. 가쁜 숨을 몰아쉬고 피로를 느끼는 것은 육체적인 고통이고, 괴로움은 마음의 문제다. 마음의 괴로움은 아무리 달리고 또 달려도 그대로 남는다.

체력적으로 덜 힘든 것은 몸이 달라졌기 때문이다. 달리는 사람에게 맞게 근육이 자리를 잡으면서 이른바 '러너 체형'으로 바뀐다. 등근육과 복근이 생기고, 군살은 빠진다. 체형이 달라지면, '달리기' 자체도 여러 의미에서 달라진다. 더불어 정보를 수집하는 방법이나 달리기에 관한 사고방식에도 변화가 일어난다.

예를 들면, 다른 사람을 객관적으로 관찰할 수 있게 되는 것도 변화 중 하나다. 달리는 사람을 보면서 '저 사람은 어쩌면 저렇게 기분 좋고 편하게 달리는 걸까?' 하고 궁금해하거나 '요전에 달렸을 때랑 오늘은 뭔가 다른데?' 하며 자신의 달리기에 의문을 품기도 한다. 다른 사람이 달리는 모습을 보고 따라 하면서 시행착오를 되풀이하기도 한다. 나는 쿵쾅대는 소리를 내지 않고 힘을 뺀 채 조용히 달리는 게 좋다는 것을 다른 사람의 모습을 보며 깨달았다.

길거리를 달리다 보면 러너들을 많이 만나는데 그중에는 아주 멋진 자세로 달리는 사람도 꽤 있다. 그들에게는 등을 쫙 펴고 보폭을 크게 해서 몸을 열고 달린다는 공통점이 있다. 나와 다름을 알아차리고 어떻게 하면 저렇게 달릴 수 있을지 이리저리 시도하면서 흉내 내본다. 다시 말해, 달리는 동안 남들을 보면서 항상 배우고 있다.

오늘 하루라는 시간 동안 멋스러운 것, 혹은 나에게 감동을 주는 대상을 얼마나 많이 발견하느냐가 '배움'으로 이어진다. '거참, 훌륭하군' 하며 내 마음이 움직이는 순간에 나도 어떻게 하면 저렇게 될 수 있을지 고민하기 때문이다. 이는 순수한 마음이 없으면 불가능하다. 애초에 스마트폰 화면만 뚫어져라 쳐다보면서 걷는 사람은 눈앞에 멋진 광경이 펼쳐져 있어도 놓치고 지나갈 수밖에 없다.

여러 번 반복해서 말하지만, 자신을 변화시키고자 하는 의지가 핵심이다. 사람은 누구나 자기애가 강해서 곤란한 상황을 겪지 않는 한 자신을 바꾸고 싶어 하지 않는다. 바꾸는 게 좋다고 누군가 조언해도 받아들이려 하지 않는다. '지금도 행복하니까 괜찮아요', '알아서 할 테니 간섭 말고 그냥 내버려둬요'라면서 말이다. 더구나 나이를 먹으면 지금까지 쌓아온 것이 많은 만큼 더더욱 상대의 조언을 수용하기 힘들어진다.

그래도 자신에게 아직 발전 가능성이 있고, 여태 모르고 지냈던 편안함과 행복이 있다고 상상하면서 사소한 발견을 수용하는 게 좋다고 나는 생각한다.

순순히 받아들이지 못하는 태도는 자만심이라 말할 수도 있다. 내 경우를 예로 들자면, '이게 바로 내 방식이다!'라며 매일매일 달리다가 부상을 입은 경험이 나를 바꾸는 계기가 되었다. 그때 나는 사소한 발견을 순순히 받아들일 줄 알아야 변화할 수 있다는 중요한 사실을 깨달았다.

현재의 내 모습을 바꾸고 싶다는 의지는 살아가는 원동력이자 괜찮은 인생을 살아가기 위한 윤활유가 된다. '자기 뜻을 관철한다'라는 말이 하나의 미학처럼 들릴지 몰라도 나는 더 이상 거기에 동조할 수 없다. 나는 주변 상황에 귀를 기울이고 다른 사람들의 의견도 들으면서 나를 바꿔가고 싶다.

주위 사람들에게 옛날과 달라진 것 같다는 말을 심심찮게 듣는다. 때로는 달라진 내 모습을 달갑지 않게 여기는 사람도 있지만 신경 쓰지 않는다. 그렇게 말하는 사람은 예전에 알던 내 모습이 아니어서 그저 낯설어하는 것뿐이다.

나는 날마다 변화하고 싶다. 아직 본 적 없는 나를 만나고 싶은 욕구가 넘쳐나는 것을 어쩌란 말인가.

3년 뒤의 나를 상상하기

인내와 근성을 내세우는 운동부 스타일의 달리기와 내가 날마다 실천하는 달리기는 분명히 다르다. 그래도 9년이나 계속 달릴 수 있었던 것은 역시 나름의 이상과 꿈이 있었기에 가능했으리라.

오랫동안 달리기를 계속하는 사람이라면 저마다 목적과 이상이 있기 마련이다. 건강을 위해서, 살을 빼고 싶어서, 빨리 달리고 싶어서……. 그런 이상을 현실로 이루고 싶으면, 장기간 지켜볼 각오를 하는 게 좋다.

금방 결과를 얻고 싶은 마음을 모르는 바는 아니지만 실제로는 불가능하다. 다이어트할 때를 떠올려보기 바란다. 한 달에 5킬로그램이나 빼면 몸이 망가진다. 달리기도 마찬가지

이므로 장기적인 계획을 세워야 한다. 어려운 일일수록 시간이 걸리는 것은 당연한 이치다.

무엇이든 단기간에 손에 들어온 것은 순식간에 사라진다. 이를테면 한 달에 5킬로그램을 감량한 사람에게는 곧바로 요요현상이 찾아오기 마련이다. 하루아침에 벼락부자가 됐다가 눈 깜짝할 사이에 재산을 탕진했다는 이야기도 비일비재하다. 착실하게 일해서 차곡차곡 모은 돈은 눈 녹듯 금세 사라지지 않는다.

처음부터 무리하지 않고 자기에게 맞는 계획을 세워서 차근차근 노력하는 걸 적어도 3년은 이어가야 한다. 바꿔 말하면, 뭐든지 3년 이상 지속하지 않으면 결실을 얻기 어렵다는 말이기도 하다.

일도 그렇다. 아니, 일이야말로 중장기 계획을 철저하게 세우지 않으면 성공할 가능성이 희박하다. 어떤 일이든 성과를 내기까지 적어도 반년은 걸린다.

사회인이라면 누구나 스스로 고민해야 하고, 일단 하기로

작정했으면 끝장을 봐야 한다. 달리기도 마찬가지다. 일단 하기로 마음먹었으면 자신에게 무리가 되지 않는 수준으로 나름대로 계획을 세워서 꾸준히 해야 한다. 1년 뒤, 2년 뒤, 3년 뒤 자신의 달라진 모습을 상상하면서 장기적인 시각으로 보지 않으면 계속해나갈 수 없다.

모든 것에는 배울 점이 있다. 그것을 깨닫고 못 깨닫고는 순수한 사람이냐 아니냐에 달렸다.

짜증을 부리고 펄펄 뛰며 화를 내는 행동은 사건의 책임을 다른 사람에게 돌린다는 증거다. 자신에게 일어난 모든 일의 원인이 자기에게 있다고 믿는 마음, 그 한없는 순수함이 당신이 가야 할 길을 가르쳐준다.

또한 그렇게 순수한 당신을 보면서 사람들이 도움의 손길을 내밀어주리라는 믿음이 있으면, 일과 생활이 달라지고 마침내 성과가 나타나기 시작할 것이다. 번아웃 상태에 빠져 있던 어느 날 느닷없이 달리기를 시작하고 9년째 계속해온 지금, 그런 생각이 든다.

나도 편집장이 된 후 4년째를 맞이할 무렵에서야 〈생활의 수첩〉에서 성과가 보이기 시작했다. 달리기가 생활의 일부로 자리 잡던 시기였다. 달리기가 없었다면, 지금의 나도 없을 것이다. 달리기가 내 일에 미친 영향은 말로 다 설명할 수 없을 정도로 크다.

내가 일에 대한 압박을 견뎌내고 편안하게 지낼 수 있게 해준다는 사실 하나만으로도 달리기는 충분히 남는 장사라고 생각한다.

각자에게 잘 맞는 것이 있기 마련

달리기가 자기에게 필요하고 궁합도 잘 맞다 싶으면 자연스레 계속하게 된다. 하지만 혹시라도 너무 힘들다면 참지 말고 그만둬도 된다. '하기로 마음먹었으니까'라며 자신을 다그치면서 억지로 계속할 필요는 없다. 달리기 말고 자신에게 잘 맞는 다른 일을 시작하면 된다.

무슨 일이든 쉽게 할 수 있는 건 하나도 없다. 하지만 아무리 노력해도 잘 안 되는 것이 있는 반면, 조금만 노력해도 의외로 간단히 벽을 뛰어넘을 수 있는 것도 있다. 각자에게 더 잘 맞는 것이 있기 마련이다.

쉰이 넘은 지금, 내가 달리기를 계속할 수 있는 건 어제보다 더 나은 나를 만들고 싶고, 건강한 몸으로 뭐든지 도전할 수 있는 체력을 유지하고 싶다는 바람 때문이다. 그런 바람을 이루는데 나에겐 달리기가 절대적으로 필요하다.

꿈과 희망이 있으면 힘든 순간도 극복할 수 있다. 하지만 꿈과 희망을 이루는 힘이 달리기에만 있는 것은 아니므로 무엇을 하든 상관없다. 스트레칭이나 걷기 혹은 다른 활동을 해도 된다. 자신에게 필요하고 '이 정도면 나도 할 만하겠는걸' 하는 마음이 샘솟는 것을 선택해서 무리하지 않고 계속 해나가는 것, 나는 그것이 중요하다고 생각한다.

그래도 달리기의 매력에 푹 빠져 있는 사람으로서 한 마디 더 덧붙이자면, 달리기에는 돈이 거의 들지 않는다. 같이 뛸 사람도 필요 없다. 기본적으로 누구나 할 수 있어서 시작하기도 쉽다. 골프에 비하면 진입장벽이 현저히 낮다.

4×400
400
4×100

일주일에 세 번, 7킬로미터만

걷는 것부터 다시 시작하다

부주상골증후군이 완치되고 달리기를 재개하면서 나는 3킬로미터 걷기부터 시작했다. 반년 정도는 달리지 않고 빨리걷기에만 전념했다.

한 달 반이나 달리기를 멀리하며 지낸 터라 몸의 감각, 근육, 심폐 기능이 모조리 원상태로 돌아오고 말았다. 이왕 다시 처음부터 시작하는 김에 이번에는 기초부터 착실하게 체력을 다지기로 마음먹었다.

달리고 싶은 마음은 굴뚝 같았지만 참아야 했다. 무조건 바른 자세로 빨리 걷는 데만 힘을 쏟았다. 실제로 스포츠 전문가들이 말하길 근육의 기능은 물론이고 정신적인 면에서도 달리기보다 빨리걷기가 몸에 더 이롭다고 한다. 달리기에 비해서 물리적인 부담이 덜하면서도 신체 훈련에는 아주 효과적이다.

올바른 자세로 빨리 걷는 것쯤 식은 죽 먹기라고 생각하겠지만, 실제로 해보면 만만치 않다. 달리기보다 훨씬 더 어렵다. 무릎이며 발목, 고관절, 허리에 불필요한 부담이 가지는 않는지, 팔을 어떻게 움직이고 어디에 중심을 두고 걸어야 쓸데없는 움직임 없이 빨리 걸을 수 있는지 연구하고 교정하는 것은 여간 힘에 부치는 작업이 아니었다. 그렇게 올바른 자세로 빨리 걷는 것에 익숙해지고 나서야 나는 비로소 달리기 시작했다.

"나도 달리기 한번 해볼까?", "달리기를 시작하고 싶은데 말이야" 하며 의견을 구하는 사람을 자주 만난다. 그럴 때 나는 "아무리 달리고 싶어도 처음에는 걷기부터 시작해야지 안 그러면 다칠 수 있습니다"라고 경고한다.

나에게 맞는 스트레칭 찾기

달리기 전에는 몸을 앞으로 구부리거나 아킬레스건을 이완시키면서 몸을 가볍게 풀어준다. 대신 달리기가 끝난 다음에는 30분 정도 정성스레 스트레칭을 하면서 천천히 온몸을 푼다. 달리기 전후로 내가 하는 스트레칭이다.

마른 사람, 뚱뚱한 사람, 몸이 유연한 사람, 몸이 뻣뻣한 사람, 달리기에 익숙한 사람, 이제 막 달리기 시작한 사람 등 러너의 유형은 다양하다. 유형에 따라 각자에게 효과적인 스트레칭도 다 다를 수밖에 없다. 그러므로 다른 사람을 무조건 따라 하는 건 무의미하다.

뭐가 좋은지는 스스로 찾아야 한다. 운동복과 신발을 선택할 때 그랬듯이 스트레칭도 남 흉내만 내지 말고 자기에게 도움이 되는 것을 직접 깨치는 게 좋다. 딱히 대단하지는 않지만 나에게도 나만의 스트레칭 방법이 있다.

어떻게 할지 감이 오지 않을 때는 전문가에게 물어보는 자세도 중요하다. 요즘은 인터넷만 검색해도 러너를 위한 정보가 넘쳐난다.

남을 모방하기만 하면 '진짜'를 배울 수 없다. "그건 어떻게 하는 겁니까?", "그건 어디서 샀어요?"라며 모든 것을 물어보고 다른 사람의 방식을 그대로 따라 하려는 사람이 많은데 이렇게 하는 건 자신에게 그리 도움이 되지 않는다.

물론 누군가가 가르쳐줘서 배우기도 한다. 하지만 하나하나 다 타인을 통해 배울 수는 없다. 왜냐하면, 무엇이 나에게 가장 적합한지는 사람마다 다 다른 법이니까. 스스로 공부하려는 의지와 다양하게 시도해보려는 결심이 없는 한 성장으로 이어지기는 어렵다.

올바른 자세가 핵심

계속 걷는 동안 자세가 얼마나 중요한지 사무치게 느꼈다. 하지만 연습할 때는 내가 바른 자세로 걷고 있는지 어떤지 객관적으로 관찰할 방법이 없다. 팔꿈치를 뒤로 끌어올려야지, 몸을 흔들면 안 돼, 자세가 흐트러지면 안 돼, 하며 의식적으로 신경 쓰는 수밖에 없다.

중요한 것은 내 자세가 완벽하지 않음을 자각하고, 날마다 단련하면서 그 변화를 받아들이는 것이다.

그렇게 걷기를 시작하고 어느 정도 시간이 흘렀을 무렵, 부상을 입기 전에 달리던 나와 지금의 내가 확연히 다름을 눈치챘다. 눈으로도 확인할 수 있는 변화였다.

체형이 달라져서 근육이 붙었는데도 오히려 체중은 줄었

다. 예전보다 달리기에 적합한 체형이 되었다고나 할까. 게다가 무엇보다 달리기가 훨씬 더 즐거워졌다.

나는 달리기를 재개하면서 세심하게 자세를 살피고 올바르게 걷고자 노력했다.

"마쓰우라 씨 자세는 흠잡을 구석이 하나도 없어요."

요즘 내가 달리는 모습을 본 사람들에게 이런 말을 들을 때면 저절로 입꼬리가 올라간다.

자신의 한계를 안다는 것

웬만큼 자세가 완성되자 빨리 달리고 싶은 욕구가 꿈틀거렸다. 나는 그제야 달리기 시작했다.

3킬로미터, 5킬로미터……, 점차 주행거리를 늘리면서 1킬로미터를 몇 분에 달리는 게 좋은지 시행착오를 거듭했다. 내 한계를 알고 싶어서 몸이 통증을 호소할 때까지 전력질주했다.

자신의 한계를 아는 것은 중요하다. 통증으로 얼굴을 찡그리며 달리긴 했지만 아파서 못 달리게 되면 본전도 못 찾는 꼴이 되기 때문에 내 몸을 관찰하며 신중하게 달렸다.

절대로 무리는 하지 않는다. 냉정한 시선으로 나의 체력과 신체 능력이 어디까지 감당할 수 있는지 확인하기 위해 시간을 측정했다. 가령 어떤 속도로 8~9킬로미터를 달렸더니 허리가 쑤셨다고 치자. 그러면 현재 이 속도로 8킬로미터까지만 달리는 것이 내 체력의 한계임을 알 수 있다.

이런 연습은 자신이 매일 얼마만큼 달려야 할지 계획을 세우는 데 크게 도움이 된다. 그러니까 8킬로미터가 한계인 사람은 매일 5킬로미터씩 달리면 탈이 나지 않는다. 매일 달리면 몸에 무리가 오는 사람은 이틀에 한 번이나 사흘에 한 번씩 달려보기도 하면서 자신에게 가장 알맞은 빈도를 찾아나갈 수 있다.

나는 부상에서 복귀한 뒤 한계를 느낄 때까지 달려보고 나서 나에게 맞는 빈도와 페이스는 일주일에 세 번, 7킬로미터를 45분에 달리는 것임을 알았다. 다소 힘들어도 몸에 무리가 되지 않게 달릴 수 있는 정도였다.

3년 남짓 이 빈도와 페이스를 유지하면서 달렸다. 3년쯤 지속하다 보면, 어느덧 힘도 안 들고 부담도 없이 이 주행거리와 시간을 지키면서 달릴 수 있게 된다. 일주일에 세 번이니까 업무와 일상생활에 영향을 주지 않으며 건강하게 달릴 수 있다.

이처럼 달리기가 생활의 일부가 되면, 무기력감은 흔적도 없이 사라진다. 또 과거에 커다란 존재감을 자랑했던 스트레스가 나날이 움츠러드는 것도 느낄 수 있다. 땀이 줄줄 흐르고, 신진대사도 활발해진다. 기록이나 거리와는 별개로 몸이 건강해지는 기분을 맛보는 것도 달리기의 즐거움 중 하나가 아닐까.

달리기를 통해 심신이 건강해지고, 달리기에 알맞은 체형으로 바뀌면서 몸매에 균형이 잡힌다. 물론 어느 날 갑자기 이루어지는 일은 아니다. 다시 말하지만, 3년 정도는 시간을 투자하면서 한 발 한 발 앞으로 나아가는 노력이 필요하다.

빨리, 더 빨리

주행거리며 시간, 달리는 빈도는 사람마다 천차만별이다. 여기서는 잠시 내 경우를 이야기해보려고 한다.

앞서 이야기한 것처럼 나는 일주일에 세 번, 7킬로미터를 45분 속도로 달리는 것이 나에게 알맞는 빈도와 거리임을 깨닫고 그 상태를 유지했다. 보통보다는 약간 빠른 축에 든다.

빠른 축이면 만족할까? 실은 그렇지 않다. 마음만 먹으면 더 빨리 달리는 것도 가능하기에 속력을 내고 싶어진다. 아무리 내 한계를 알고 계획을 세워도 기록은 신경 쓰이기 마련이다. 달리기를 하다 보면 누구나 '5분만, 아니 1분 만이라도' 하며 더 빨리 달리고 싶은 욕심에 사로잡힌다.

나도 시간을 5분 당겨보려고 페이스를 올려본 적 있다.

하지만 5분이라는 시간은 쉽사리 단축되지 않았다. 고작 5분이라고 대수롭지 않게 여기긴 쉬워도 현실은 그리 녹록하지 않다.

7킬로미터를 45분에 주파하기까지는 연습을 거듭하면서 순조롭게 진행됐지만, 거기서부터는 이야기가 달라졌다. 험난한 고생길을 자초했다.

안정적으로 달릴 수 있게 되면 더 빨리 달리겠다는 목표를 세우는 것은 자연스러운 흐름이다. 1분이라도 빨리, 아니 1초라도 빨리, 무작정 빨라지고 싶다는 욕구가 불타오른다. 저절로 조바심도 따라온다. 나도 꼭 그 꼴이었다. 이제야 털어놓지만, 그 당시에는 기록에 눈이 멀어서 자아를 상실했다.

그렇게 그때 또 몸을 다치고 말았다. 두 번째 부상이었다. 이번에는 뜨끔한 충격이 허리를 가로질렀다.

두 번째 부상

첫 번째 부상으로 진절머리를 쳤던 터라 두 번 다시 다치지 않도록 조심하고 또 조심했다. 몸이 아파서 못 달리는 것이 얼마나 괴로운 일인지 누구보다 잘 알았다. 하지만 신중하게 몸을 돌보고 자세를 가다듬으며 어느 정도 러너 체형이 만들어지자 '이제는 예전의 내가 아니야!'라며 나도 모르게 과신하고 말았다.

예전의 내가 아니라 '잘할 수 있는' 내가 됐다는 사실에 너무 도취됐다. 남에게 뒤처지지 않고 달릴 수 있는 단계에 오르고 나니 젖 먹던 힘까지 짜내서 빠르게 달리고 싶어졌다. 그러다가 허리를 다쳤다. 과거에 발에 생겼던 부주상골증후군보다 완치하는 데 시간이 더 많이 걸리는 부상이었다.

달릴 때는 허리를 살살 달래가면서 달렸다. 요통은 통증이 계속되는 병이 아니어서 처음에는 괜찮다가도 달리는 동안 욱신욱신 쑤시곤 했다.

허리가 아프면, 허리를 보호하기 위해서 상대적으로 무릎과 등을 비롯한 다른 부위에 부담이 커진다. 허리에 부담을 최소한으로 주게끔 조심조심 달릴 수는 있다. 그래도 어쨌거나 무리가 되는 터라 몸은 더 나빠질 수밖에 없다. 이런 식으로 달리기를 되풀이하는 사이 이번에는 일상생활 중에도 허리에 통증을 느끼게 되었다.

허리앓이가 머릿속에서 떠나지 않았다. 마음껏 달릴 수 없는 데서 발생한 욕구불만 탓에 기분이 가라앉기 시작하더니 그만 슬럼프에 빠지고 말았다.

문제는 '체간'이야

달리고 싶어도 못 달린다. 예전처럼 한껏 달릴 수 없다. 허리는 욱신거리고 몸은 영 불편했다. 부주상골증후군을 앓았을 때처럼 나에게 질문을 던졌다.

'왜 다쳤을까?'
'내게 부족한 게 뭘까?'
'뭐가 잘못됐을까?'

이번에도 호기심이 발동해서 달리기, 건강, 운동 관련 서적을 탐독했다. 그랬더니 여러 책에서 공통적으로 이렇게 말하고 있었다.

"허리가 아픈 사람은 체간을 단련해야 한다."

'체간'(척추동물의 몸 가운데 축을 이루는 부분으로 머리부터 허벅지 위쪽이 여기에 해당한다_옮긴이)이라고?

그렇다, 문제는 체간이었다! 내가 체간이 약하다는 사실을 처음으로 깨달았다. 체간을 단련하면 피로를 덜 느끼면서도 늘 바른 자세를 유지할 수 있다는 것도 배웠다.

바른 자세로 걷고 달리고 싶은 의욕만 넘쳤지, 정작 바른 자세를 만들기 위해 필요한 근육이 뭔지는 전혀 몰랐던 거다. 달리기니까 다릿심만 키우면 된다고 믿었는데 그게 가당치도 않은 착각이었음을 뒤늦게 알아차렸다.

허리가 나은 뒤 시험 삼아 체간을 의식하면서 뛰어보았다. 그랬더니 내가 온몸을 쓰지 않고 철저하게 두 다리로만 달렸다는 것을 알 수 있었다.

다리가 아닌 온몸으로

원래 사람이 달릴 때는 다리로만 달려서는 안 되고 온몸을 사용하면서 달려야 한다. '체간'이라는 단어는 몸 체(體), 줄기 간(幹)으로 이루어져 있다. 사람을 나무에 비유하면, 손발은 가지에 해당한다. 몸을 지탱하고, 손발이 제대로 움직이게끔 균형을 유지하고, 용수철처럼 휘어지면서 움직임을 전달하고 떠받치는 것은 줄기에 해당하는 몸통 근육이다. 구체적으로 말해 복근과 등근육이 중심이다.

달리던 사람의 발이 지면에 착지하는 순간에는 몸무게의 세 배나 되는 충격을 받는다고 한다. 이 충격을 무릎과 허리가 다 흡수한다고 상상해보기 바란다. 강한 충격을 견디지 못해 허구한 날 부상에 시달릴 게 뻔하다. 나도 그렇게 허리를 다쳤다. 체간을 단련하면, 충격을 적절히 분산할 수 있어서 신체 손상이 현격히 줄어든다고 한다.

요컨대 복근과 등근육이 생기면, 효율적이고도 올바른 자세로 달리게 되어 발과 허리에 불필요한 부담이 쏠리지 않는다. 체간을 단련함으로써 신체 각 부위가 균형 있게 움직여서 힘이 잘 전달되고, 골격과 내장도 제자리를 찾게 할 수 있다. 늘 바른 자세를 유지하면서 달릴 수 있게 된다는 말이다.

공을 떠올리면 이해하기 쉽다. 바람 빠진 공은 아무리 튕겨도 튀어 오르지 않는다. 그런 공을 튀어 오르게 하려면 손으로 힘껏 내리치는 방법밖에 없다. 그러니까 체간, 즉 복근이 단련되지 않은 몸은 이처럼 바람 빠진 공이나 다를 바가 없어서 달릴 때 힘이 잘 전달되지 않는다.

공을 손으로 내리치는 것은 발로만 뛰는 것과 마찬가지다. 하지만 복근이 붙은 몸은 바람이 꽉 들어찬 공과 같아서 자연스럽게 자세가 달라진다. 복근이 단련되면, 매끈하게 튀어 오르는 공처럼 몸에 균형이 잡히고 손발이 튀어 오르듯이 앞을 향해 움직이면서 달릴 수 있다.

체간을 단련하기 위해 맨 먼저 복근운동을 트레이닝에 포함했다. 온몸으로 달리려면 일단 복근부터 키워야 했다.

지치지 않는 체력의 비밀

조금이라도 요통이 신경 쓰이는 날은 거리를 줄이고 속도도 떨어뜨려서 신중하게 달렸다. 그 대신 매일같이 집에서 심혈을 기울여 복근 단련 운동을 했다. 솔직히 그때까지는 의식적으로 복근을 키우려 한 적이 없었다. 오히려 달리려면 하반신과 심폐 기능을 단련해야 한다고 굳게 믿고 있었다.

어중간하게 운동에 자신감이 있었던 게 화근이었는지도 모른다. 어쨌거나 그때부터 지금까지 나는 복근운동을 하루도 거르지 않고 하고 있다. 나에게 복근운동과 달리기는 한 세트나 다름없다.

만약 누군가 나에게 "복근운동을 왜 합니까?"라고 물으면 이렇게 대답하겠다. "체간을 단련해서 제대로 달리기 위해서입니다.”

체간의 다양한 근육을 사용하면 뒤틀린 골격과 내장을 바로잡아주기 때문에 등이 꼿꼿해지고 걸음걸이도 달라진다. 또 피로를 덜 느낀다. 항상 탄탄한 복근이 몸을 받치고 있어서 계속 걸어도 피곤하지 않고 호흡도 편안하다.

비록 러너가 아니더라도 의식적으로 체간을 단련하기 위해 노력하길 권한다. 그 노력의 대가는 지치지 않는 체력과 균형 잡힌 몸매로 돌아올 것이다.

체간을 단련하기 위해 애쓰면서부터 주위 사람들에게 자세가 좋다는 칭찬을 많이 들었다. 체간근이 생기면 자연스러운 자세가 가장 편한 자세가 된다. 자세가 편하니까 몸이 기울어지지 않는다. 나쁜 점이라고는 눈을 씻고 찾아봐도 찾을 수 없다.

나는 50대 초반이라서 잠깐만 긴장을 풀어도 등이 굽을 수 있다. 이 나이가 되면 좋은 자세가 얼마나 중요한지 사무치게 잘 안다.

나는 늘 몸을 열어두려고 신경 쓴다. 어깨 힘을 빼는 것도 중요하다. 달릴 때 딱히 배에 힘을 주고 달리지는 않지만 복근에는 항상 긴장감이 있다. 그렇다고 긴장감 때문에 몸이 경직되지도 않는다. 온몸의 힘을 뺀 상태로 자연스럽고 편안하게 달리는 것이 가장 이상적이다.

정답은 없어도 해결책은 있다

요통으로 고생했을 때도 그랬듯이 무슨 일이 생기는 데는 반드시 원인이 있고, 해결책도 있다. 돌파구를 찾지 못하고 끝내 손을 들고 마는 순간도 있지만, 세심하게 살펴보면 실마리는 어디엔가 있기 마련이다. 중요한 것은 그 방법의 옳고 그름이 아니라 스스로 해결하고자 시도했느냐 아니냐에 달려 있다고 생각한다.

시도한다고 해서 매번 정답을 찾는다는 보장은 없다. 하지만 맞는지 틀리는지 모르기 때문에 더더욱 여러 방법을 동원해서 노력해야 한다.

언제든지 단번에 답을 이끌어낼 수 있다고 확신할 수도 없다. 나도 달리면서 난관에 부딪힐 때면 스트레칭도 하고,

다른 사람에게 묻기도 하고, 책을 뒤적이기도 한다. 다양한 시도를 통해 내 안에 그때그때 꺼내 쓸 수 있는 실천적이며 체험적인 해결책을 쌓아가는 과정이 중요하다고 믿기 때문이다.

어떤 문제가 발생하면 그 상황에서 선택 가능한 적절한 카드를 꺼내면 된다. 단, 그 카드는 최선책이 아니라 차선책인 경우가 많다는 점을 잊어서는 안 된다.

'어쩐지 몸이 찌뿌둥해', '속이 울렁거려', '기운이 없어' 하는 느낌이 들 때도 다 원인이 있다. 사흘 전에 먹은 음식이나 사흘 전에 일어난 사건이 오늘 내 몸에 신호를 보낸다는 말이 있는데 나는 그 말을 믿는다. 행여나 지금 속이 더부룩하다면, 사흘 전에 큼지막한 찹쌀떡을 두 덩이나 먹지는 않았는지 떠올려보기 바란다.

혹시 몸이 안 좋을 때는 원인이 무엇인지 찾아내야 한다. 그렇게 된 건 남 탓이 아니라 며칠 전의 나에게 원인이 있기 마련이다. 그러므로 자기 자신에게 관심을 갖는 자세가 필요하다.

심리 상태도 마찬가지다. 이유 없이 짜증이 폭발하는 날에도 사정이 있기 마련이다. 최근에 무슨 일이 있었는지 집요하게 파고들어서 짜증의 원인을 파악하고 그때그때 해결해야 한다. 그러지 않으면 어느 날 갑자기 병원에 실려 가는 일을 겪을지도 모른다.

나는 달리기를 통해 나 자신을 좀 더 잘 이해하게 되었다. 달리기는 자신을 이해하는 하나의 지표가 될 수 있다. 일주일에 몇 번 달리기만 해도 심신의 상태를 파악할 수 있다. 마치 리트머스 시험지 같은 역할을 하는 것이다.

달리기를 하면 건강은 물론이고 심리, 인간관계, 업무 성과 등을 포함한 나의 모든 상태가 눈에 보인다. 위화감이 들면서 무언가가 마음에 걸리는 순간에도 원인은 반드시 내 안에 있다. 서둘러 원인을 찾아내고 개선하려는 노력을 거듭하지 않는 한 자신을 바꾸는 것은 불가능하다.

중요한 건 언제든지 변화의 씨앗을 간직하는 것이다. '지금 이대로도 괜찮아', '이것밖에 없으니까 어쩔 수 없지' 하며 포기하는 건 자신의 잠재력을 스스로 짓밟는 행위나 다름없다고 생각한다.

나는 지금 쉰두 살이지만, 아직도 변화될 가능성이 있다고 믿으며 "요즘 뭔가 달라졌어요!"라는 말을 듣게 될 날을 기대한다.

나는 아침 5시에 일을 시작한다. 그래서 저녁 6시만 돼도 기운이 바닥난다. 소위 말하는 '아침형 인간'이라고나 할까. 책상에서 하는 업무는 되도록 아침나절에 끝내려고 한다. 오후에는 사람을 만나거나 외출을 하는 식으로 보낸다.

달리기는 아침이나 저녁 중에 선택해서 하는데 계절에 따라서 달라진다. 겨울에는 아침에 일어나기 힘들어서 자연스레 저녁에 달린다. 봄이 오고 날씨가 풀리면 아침에 달리는 편이 더 상쾌하다. 물론 그날 날씨를 보고 아침에 달릴지 저녁에 달릴지 정하기도 한다.

기본적으로 비가 내리는 날은 달리기를 쉰다. 가랑비라면 몰라도 폭우가 쏟아지는 날에 기분 좋게 달리기란 불가능하다. 하루 건너뛰면 다른 날 달린다. 그때그때 상황에 맞게 달리는 편이다.

나의 하루하루는 내가 지닌 잠재력을 최대치로 뽑아낼 수 있도록 루틴이 정해져 있다. 이 사이클을 잘 유지하는 것은 내 책임이다.

이미 50대에 접어든 터라 인정하고 싶지 않아도 체력적으로 30대를 이길 수는 없다. 시간을 적절히 분배해서 내 능력이 가장 효과적으로 발휘되는 상태를 유지할 수 있게끔 주의를 기울이면서 일하지 않으면 20대와 30대에게 밀릴 수밖에 없다고 생각한다.

하루가 끝날 때면 오늘 하루도 온 힘을 다해 살았다는 느낌이 든다. 나쁜 의미가 아니라 좋은 의미에서 녹초가 된다. 하루를 알차게 보냈기에 숙면을 취하고 다음 날 개운하게 아침을 맞이할 수 있다.

이런 생활 속에 달리기는 중요한 요소로 자리매김하고 있다. 달리기에서 얻은 갖가지 깨달음이 지금의 라이프스타일을 만들어냈다고 해도 과언이 아니다. 계속 달렸기에 깨닫고 배우고 느끼면서 이제껏 나에게 없던 것들이 많이 생겨났다.

달리기가 지금처럼 자연스럽게 내 삶 속에 녹아들기까지 3년이 걸렸다. 그때서야 겨우 '나만의 달리기'가 만들어진 느낌이 들었다.

3년이라는 시간

'어? 되네!', '하면 되는구나!'라는 실감은 흔할 것 같으면서도 실제로는 좀처럼 경험하기 어렵다.

달리기는 누구나 할 수 있다. 그런데 제대로 하고 있다는 느낌을 받으려면 3년은 걸린다는 말을 덧붙이고 싶다.

"3년만 열심히 하면 몸매가 달라져요. 몸무게도 줄어들고 근육도 생기니까 눈 딱 감고 3년만 참고 해보세요."

이렇게 말하면 "아, 그래요? 3년이나 걸려요?" 하며 다들 슬며시 꽁무니를 뺀다.

지나고 보니 3년은 순식간이었다. 나는 9년째 계속 달리고 있다. 이따금 9년이나 달렸는데 겨우 요것밖에 안 되나 싶을 때도 있다. 나는 아직 한없이 낮은 곳에 서 있다. 더 높은 목표가 나를 기다린다.

달리기는 일상생활이나 회사 일과 비슷하다. 노력한 결과가 눈에 보이기까지 3년 넘게 걸린다. 그때까지는 다양한 일에 도전하고 변화를 향한 열정이 식지 않도록 끊임없이 노력하는 수밖에 없다.

비전을 품는다는 것

9년 가까이 계속 달렸다고 하면, 사람들은 "왜 달리냐", "바쁜데 언제 시간 내서 달리냐"며 휘둥그레진 눈으로 나를 쳐다보곤 한다. 나는 정신없이 바빴기에 달릴 수 있었다고 생각한다. 내 주위엔 눈코 뜰 새 없이 바쁜 와중에도 달리기뿐만 아니라 몸을 움직이는 활동을 계속하는 사람이 많다.

일반화하려고 하는 건 아니지만, 그런 사람들이 성공하고 사회적으로도 높은 자리에 오르는 경우가 많다. 요컨대, 자발적으로 뭔가를 결심하고 계획을 세우고 오랫동안 지속할 수 있으니까 일에서도 성공하는 것이 아닐까.

살인적인 일정을 소화하면서 성공한 사람들은 하나같이 부지런하다. 부지런하니까 목적을 성취한다. 이들은 잠잘 시간을 쪼개서 운동하는 게 아니라 시간 배분을 잘해서 몸을 움직이는 시간을 만들어낸다.

이런 사람들은 해야 할 일과 안 해도 되는 일을 철저하게 구분할 줄 안다. 달리기와는 별개의 이야기지만, 이게 바로 시간을 만드는 기본이다.

무슨 일이든지 아무 생각 없이 맹목적으로 하지 않고 자신만의 명확한 비전을 가지고 매달리는 것이 중요하다.

"왜 달려요?"라는 질문에 "글쎄요……"라고 대답하는 사람은 오랫동안 달릴 수 없다. 일에서도 "왜 일해요?"라고 물었을 때 "그게 딱히……"라며 얼버무리는 사람이 성공할 리가 없다.

어떤 비전이든 상관없다. 비전이 있으면 지속할 수 있다. 돈을 많이 벌고 싶어서든, 남에게 인정받고 싶어서든 원하는 바가 있어야 그걸 얻기 위해 멈추지 않는다. 비전을 보며 견디는 것은 억지로 참고 버티는 것과 다르다. 자기 삶의 방식과 연결된다.

내가 품은 비전이 살아가는 이유가 되고 그 비전에 가까이 다가가면 갈수록 힘을 얻는다는 사실을 알기에 나는 오늘도 달리고 일을 한다.

나에게 달리기란

"당신에게 달리기란 무엇인가요?"

누군가가 나에게 이런 질문을 던진다면 나는 "저에게 달리기는 도전입니다"라고 대답하고 싶다.

도전이란 자신을 바꾸려는 의지다. 바꾸고 싶어서 다양한 도전을 펼치고 때로는 패배감을 맛보기도 한다. 하지만 나는 그것이 그 사람에게 꼭 필요한 실패였다고 생각한다. 왜냐하면, 실패가 재도전할 수 있는 아이디어를 제공해주기 때문이다.

매일매일이 도전의 연속이다. 내가 쉰두 살이라고 하면, 젊어 보인다며 다들 화들짝 놀란다. 그다음에는 특별히 하는 게 있으면 가르쳐달라는 말이 이어진다.

별다른 건 없다. 그래도 어떻게 젊음을 유지하냐고 물으면 "매일 도전하기 때문입니다"라고 대답할 것이다. 내 나이쯤 되면 현상 유지란 불가능하기에 어쩌면 도전을 이어가는 것이 젊어 보이는 비결일 수 있다.

매일 시행착오를 겪고 실패하고 넘어지고 어떻게 해야 할지 고민하면서 다시 일어나고 또 도전한다. 이 과정을 반복하는 동안 새로운 것을 많이 마주하면서 내가 변해가는 것을 느낀다.

자발적으로 계속 도전하고 실패를 두려워하지 않는 자세는 그 사람을 향한 주위의 평가, 즉 신뢰와 신용으로 이어진다. 변화를 달가워하지 않고 늘 위험 요소만 걱정하는 사람에게는 아무도 큰일을 맡기지 않는다. 중대한 일을 의논하려 들지도 않는다. 누구나 도전을 계속하는 사람에게 끌리기 마련이다. 실패를 겁내지 않고 끊임없이 도전하는 사람에게 기회는 잇따라 찾아온다.

달릴 수만 있으면 뭐든 할 수 있어!

니시모토 다케시
×
마쓰우라 야타로

※ 대담을 함께한 니시모토 다케시는 하루 접속자가 50만이 넘는 〈호보 일간 이토이 신문〉(이하 '호보 일간')에서 마라톤 콘텐츠를 제작 및 연재하고 있다. 'TOKYO FREE 10'이라는 러닝 이벤트를 운영했으며, 2016년 4월부터 방송을 개시한 지역 FM 〈시부야의 라디오〉에서 제작부장을 맡기도 했다. 〈호보 일간〉에서 연재한 마라톤 콘텐츠를 즐겨 읽은 것을 계기로 이 대담을 진행하게 되었다.

9년을 달릴 수 있었던 이유

마쓰우라 저는 9년 전쯤에 달리기를 시작했는데요. 그 무렵 〈호보 일간〉 2012년 9월 24일 자에 실린 마라톤 콘텐츠 '호보 일간 중년 육상부-마이너스에서 시작하는 러닝'을 읽었습니다.

당시 저는 일에 대한 스트레스로 건강을 해치고 아주 힘겨운 시기를 보내면서 달리기를 시작한 상태였는데요. 그 콘텐츠를 보니까 저와 비슷한 이유로 달리기를 시작한 사람이 또 있더라고요. 게다가 마라톤에 관해서 어찌나 해박하시던지. 그래서 마음대로 니시모토 씨를 제 마라톤 멘토로 삼았습니다. 콘텐츠에 공감하기도 했지만, '이럴 때는 이렇게 하라'는 식으로 힌트가 적혀 있어서 아주 유용했습니다. 처음 달리기에 발을 들였을 때는 힘들었거든요. 의지할 데도 없지, 책이나 잡지를 뒤적거려봤자 판에 박힌 내용만 나와서 마땅찮지, 그래서 니시모토 씨 조언에 귀를 기울였습니다.

니시모토 이거 참 영광입니다(웃음). 여기 와서도 왜 마쓰우라 씨가 저를 불렀는지 영문을 몰랐는데 이제 이해했습니다. 당시 같이 콘텐츠를 만들었던 동료들도 좋아하겠군요. 마쓰우라 씨가 쓰신 원고를 읽었는데요. 저도 달리기를 시작한 지 9년째 접어들었으니까 달리기 경력이 비슷비슷하네요.

마쓰우라 그래도 저보다는 선배님이시지요.

니시모토 달리기 시작한 이유도 비슷합니다. 저는 머리가 영 안 돌아가서 시작했거든요. 한번은 철학자를 테마로 콘텐츠를 만들게 됐어요. 1년 넘게 시간을 들여서 어찌어찌 완성은 했는데, 난생처음 그렇게 머리를 많이 쓴 탓에 진이 다 빠졌어요. 머리와 가슴의 기능이 정지된 느낌이랄까요? 이참에 당분간 일에서 벗어나 시간을 투자해서 새로운 시도를 해봐야겠다 싶어서 머리를 굴렸죠. 그랬더니 언젠가는 꼭 해보고 싶었던 마라톤 풀코스가 떠오르더군요. '바로 지금이 시작할 기회야'라는 생각이 확 들었어요. 마침 제 아내가 뉴발란스에서 근무하고 있어서 당장 신발부터 샀어요. 마라톤을 하려면 주말에 아내 혼자 아이를 돌봐야 했는데 고맙게도 기꺼이 동의하고 잘 도와줬어요.

마쓰우라 그전에는 달린 적 없으셨나요?

니시모토 야구와 축구를 했었기 때문에 훈련 시간에 꽤 많이 달렸지만, 달리기 자체를 목적으로 한 건 처음이었습니다. 그러다 보니 초반에는 다치기도 했어요. 달리기 책을 읽으면서 내 몸을 실험실 삼아 머리와 몸이 피드백을 주고받는 실험을 반복했는데, 생각보다 저한테 잘 맞더라고요. 그래서 이건 본격적으로 해볼 만한 가치가 있겠다 싶었어요. 그렇게 달리는 사이에 가슴도 다시 뛰기 시작했고요.

〈호보 일간〉은 스포츠와는 거리가 먼 회사여서 당시엔 달린다는 말만 해도 괴짜 취급을 받는 분위기였어요(웃음). 그래서 마라톤에 도전한다는 사실을 가족에게만 알리고 외부에는 비밀로 할 작정이었어요. 아침에 일어나 달리고 출근하려면 저녁 모임을 하나둘 줄일 수밖에 없잖아요? 자연스레 사람들과 교제하는 자리를 기피하며 지냈었는데 도쿄 마라톤에서 응원하는 모습이 텔레비전 화면에 나오는 바람에 주위에 들키고 말았죠.

내심 '나 같은 사람이 이걸 써도 되려나?' 하는 심정으로 마라톤 콘텐츠를 만들게 됐습니다.

마쓰우라 그렇군요. 이 책에 제가 9년간 달리면서 경험한 변화라든가 제가 생각하는 달리기에 관한 이야기를 소개하고 있는데요. 그 원점에 니시모토 씨가 계시기에 꼭 한번 같이 대담을 나누고 싶어서 자리를 마련했습니다.

저는 요즘 들어서 자주 마라톤, 조깅, 러닝이 어떻게 다른지 생각하곤 합니다. 이 중에서 우리는 뭘 하고 있다고 말할 수 있을까요? 달리기를 한다고 말하기는 뭔가 멋쩍고, 마라톤이 제일 와닿는 것도 같고 말이죠.

니시모토 맞습니다. 달린다는 말은 괜히 쑥스럽죠. 반대로 마라톤이라고 하면 갑자기 주위에서 우러러보는 시선을 보내는 바람에 부담스럽기도 하고요. 하지만 결국 본질은 같다고 생각합니다. 우리가 하는 게 달리기인지 마라톤인지 굳이 구별할 필요는 없을 것 같아요.

그리고 마라톤이든 달리기든 장점만 넘치고 단점은 하나도 없잖아요? 전부 옳은 것뿐이라서 사람들에게 이야기했을 때 오히려 공감을 얻기 어려운 것 같아요. 그래서 저는 누가 물어볼 때만 입을 열기로 마음먹었습니다.

마쓰우라 러너에게는 어떤 공통점이 있을까요?

니시모토 우리 같은 일반 러너는 운동부처럼 호되게 꾸지람을 들으면서 배우는 건 꺼리지만, 책을 읽는 데는 거부감이 없어요. 그래서 책을 사 모으고 파고드는 바람에 지식적으로는 아주 해박한 편이죠.

저는 하코네 역전 마라톤(몇 사람이 팀을 이루어 여러 구간으로 나눈 전체 거리를 한 구간씩 맡아 이어 달리는 육상 경기를 말하는데 특히 하코네 지역에서 열리는 역전 마라톤이 유명하다_옮긴이)을 좋아해서 대학생이나 실업 선수단과 이야기할 기회가 많은데요. 아마추어가 아는 건 더 많습니다(웃음).
실업팀 선수한테서 "신발에 관해선 니시모토 씨가 빠삭하시죠"라는 말을 듣기도 했다니까요. 달리기에 도움이 된다는 말에 혹해서 미심쩍은 목걸이에 스티커, 크림까지 시도 안 해본 게 없거든요.

마쓰우라 솔직히 말하자면 저도 웬만한 건 얼추 다 시도해봤습니다(웃음).
본질적인 이야기입니다만, 달리기가 뭘까요? 니시모토 씨는 어떻게 생각하시는지요?

니시모토 얼마 전에 런던에 다녀올 일이 있었습니다. 거기서 조깅을 하는데 옆 사람을 힐끗 쳐다보니까 무척 빠르더라고요. 일본에서는 그런 체형이면 1킬로미터에 6분이나 7분 페이스로 달리는데, 1킬로미터를 5분에 주파할 기세로 숨을 헉헉 몰아쉬면서 달리는 거예요. 우연인가 싶어서 한 바퀴 쭉 돌아봤는데

다들 숨이 끊어질 듯한 속도로 달리고 있었어요. 마침 런던 유니클로에서 개최한 'BREAKFAST RUN'이라는 이벤트에 참여하게 돼서 영국인 참가자들한테 왜 그렇게 빨리 달리는지 물어봤어요. 그랬더니 대다수가 "머리를 비우고 싶어서"라고 대답했습니다. 영국에서는 다이어트나 뱃살을 줄일 목적이 아니라 머리를 비우기 위해서 달린다는 사고가 정착되어 있는 것 같았어요. 그때 처음으로 '내가 머리와 몸을 가다듬기 위해서 달린 거였구나' 하며 깨달았습니다.

마쓰우라 니시모토 씨 말씀처럼 자기 자신을 가다듬기 위해서 달리는 것 같습니다. 거기에는 기쁨이나 안도감이 스며 있어요. 무슨 일이 있어도 달릴 수만 있으면 마음이 놓이거든요.

니시모토 동감입니다. 라디오 분야에 관해서 아는 것도 없으면서 〈시부야의 라디오〉를 시작하게 됐을 때도 '달릴 수만 있으면 어떻게든 된다'는 묘한 자신감이 있었어요.
좀 더 자세히 말하자면, 어떤 문제든지 달리고 나면 거의 다 해결된다는 말입니다. 〈시부야의 라디오〉를 시작할 때는 난관이 한둘이 아니어서 길을 잃고 갈팡질팡했습니다. 그런데 다음 날 아침에 한 시간쯤 달리고 나면 신기하게도 답을 얻었어요. 그래도 문제가 안 풀리는 날은 30분 정도 더 뛰기도 했죠. 답을 얻으면 서둘러 집에 돌아와서 메일을 보내곤 했습니다(웃음). 그래서 저는 달릴 수 있는 동안은 괜찮다는 생각이 들어요.

마쓰우라 정말 묘한 감각이죠? 쓸데없는 잡념은 사라지고 중요한 알맹이만 남는다고 할까요? 골몰히 생각할 때와는 또 다르잖아요.
저는 10킬로미터를 한 시간에 달리는데요. 달리면

자질구레한 건 다 날아가고 남는 뭔가가 있어요. 매번 고민거리를 안고 달리는 건 아니지만, 그렇게 남은 뭔가가 동기부여가 되기도 하고 아이디어를 제공해줄 때도 있어요. 이렇게 되기까지 한 3년은 걸린 것 같습니다. 그전에는 힘들어 죽겠다는 둥 아프다는 둥 그런 생각만 가득했거든요.

니시모토 달리기를 시작한 지 몇 달 지나서 마침내 10킬로미터를 완주하는 순간이 찾아왔는데 '내가 10킬로미터를 달리다니, 난 아직 안 죽었어!' 하는 안도감이 밀려왔어요. 감정이 벅차올라서 눈물까지 흘렸다니까요. 경제적으로나 일적으로는 투자한 시간에 비례해서 성과를 얻는 일이 극히 드물잖아요. 하지만 달리기는 하면 할수록 계속 향상되니까 그 맛에 푹 빠져 살기도 했습니다.

'호보 일간 중년 육상부'에 소속된 한 남자 회원은 도쿄 마라톤에 출전하려고 반년 정도 열심히 배우면서 연습하더니 마라톤 풀코스에 도전해서 서브4, 그러니까 네 시간 이내에 골인했어요. 그 사람이 성실해서 가능하기도 했지만, 달리기는 도망치지 않고 연습만 제대로 하면 누구나 할 수 있다는 점을 배웠습니다.

중년에 접어들어서 마라톤에 빠지는 사람이 많은 이유 중 하나는 체력이 떨어져서 힘에 부치는 현실 앞에서도 '난 아직 살아 있어!' 하며 자신의 가능성을 믿고 싶은 마음이 어딘가에 남아 있기 때문이라는 생각이 듭니다.

마쓰우라 저도 꾸준히 실력이 붙던 시기가 있었지만, 쉰이 넘으면서 최근에는 저의 달리기 잠재력이 떨어지고 있음을 절실히 느낍니다. 정말이지 1년 전과는 영 딴판이거든요.

1년 전까지는 거리를 늘리고 속도를 올리는 게 가능했는데 올해부터는 사뭇 다르더라고요. 흥이 깨진 건 아닙니다. 요즘은 반대로 속도를 늦춰서 여유롭게 달리는 즐거움을 맛보고 있으니까요.

니시모토 기록이 안 나오는 순간부터 답답해하면서 100킬로미터 울트라 마라톤 같은 장거리 레이스로 눈을 돌리는 경향이 있습니다. 속도를 낮추고 오래달리기에 새로 도전하는 거죠. 그래도 그것과 매일 계속 달리는 건 별개라고 저는 생각합니다. 저도 예전보다 기록이 좋지 않다는 느낌은 들어요. 그래도 한 가지 기쁜 건 확실히 더 잘 달리게 됐다는 겁니다.

마쓰우라 맞습니다. 뭘 어떻게 잘 달리는지는 몰라도 적어도 거친 발소리는 안 내게 됐거든요. 저는 그게 참 기분 좋더라고요. 제대로 튀어 오르는 느낌이랄까요? 거울에 비추어보지는 못해도 그렇게 추하지는 않을 거라는 자신감은 있습니다.

마라톤 풀코스에는 스토리가 있다

니시모토 마쓰우라 씨도 외국에서 달려본 적 있으시죠? 그럴 때면 막힘없이 의사소통이 되는 느낌이랄까요(웃음)? 저쪽에서 달려온 현지인이 '당신, 평소에도 달리는 사람이군요' 하는 시선을 보내는 순간이 있습니다. 대화를 안 해도 서로 아는 거죠. 그럴 때면 지금까지 계속 달리길 잘했다 싶어서 뿌듯합니다.

마쓰우라 저는 달리려고 뛰어나갈 때와 달리기를 끝내면서 멈출 때의 자세가 부드러워진 느낌이 들어서 좋습니다. 예전에는 좀 더 빨리 달리고 싶어서 안달이 났었지만, 지금은 느려도 편안한 맛이 있어요.

니시모토 맞습니다. 특히나 마라톤 풀코스는 경로나 기온이 기록을 좌지우지하잖아요? 다들 기록이라는 속박에서 해방되면 좋겠다 싶다니까요.

저는 파리 마라톤을 좋아해서 최근에 2년 연속 출전했는데요. 첫 해는 파리의 돌길을 만만하게 봤다가 큰코다쳤습니다(웃음). 개선문에서 출발해서 샹젤리제로 내려가는 코스였는데요. 시작부터 끝까지 내내 돌길인 거예요. 첫 번째 급수대도 돌길, 바스티유 광장도 돌길, 제일 숨이 턱턱 막히는 결승선 앞도 돌길이었어요. 보통 마라톤은 35킬로미터 지점부터 힘들다고들 하는데, 돌길을 달렸더니 30킬로미터부터 이미 심장이 터질 것 같더군요. 뒤는 내내 '아, 신발 잘못 선택했어' 하면서 땅을 치며 후회했습니다.

내년에는 밑창이 두툼한 신발을 신고 달려야겠다고 마음먹고, 돌아오자마자 준비에 들어갔어요. 두꺼운 신발에 맞게 자세도 가다듬고 여기는 파리라고 되뇌면서 도쿄를 뛰어다녔습니다(웃음). 그런데 웬걸요, 두 번째 출전에서는 기온이 높아서 기록이 전보다 더 떨어졌어요. 그래도 돌길을 염두에 두고 준비한 덕분에 확실히 더 잘 달렸어요. 다음에는 더 잘 달려야지 하면서 벌써 내년 파리 마라톤도 신청했습니다.

마쓰우라 기록 단축도 중요하지만, 더 잘 달렸다는 느낌을 받는 편이 더 좋죠. 그건 그렇고 대회에 나가기 위한 중요한 준비에는 뭐가 있을까요?

니시모토 우선, 신청한 순간부터 상상력을 펼치면서 즐기는 거죠. 예전에 '일본항공(JAL) 리조트 노선 캠페인'에서 내건 "하와이에 가기 위해 수영복을 살 때부터 하와이는 시작된다"라는 카피가 무척 인상적이었습니다. 마라톤도 마찬가지예요. 1년 내내 파리의 돌길을 어떻게 달릴지 그려보는 게 마라톤입니다.

마쓰우라 좋은 생각이네요. 대회는 하나의 목표랄까, 동기부여가 되니까요. 저는 매년 타이베이 마라톤에 나가는데요. 올해로 네 번째입니다. 거기서 마음껏 달릴 생각만 해도 흥분돼서 잠이 안 온다니까요. 예를 들어 이번 달까지는 어디까지 도달해야겠다며 목표를 세우고, 혹시 거기까지 이르지 못하면 만회하기 위해 더 노력해야겠다고 결심하곤 합니다.

니시모토 타이베이는 마라톤 열기가 상당히 뜨겁다면서요? 저도 한번 가보고 싶네요. 결승선을 끊고 나서 딘타이펑(전 세계에 체인점을 둔 대만의 딤섬 레스토랑_옮긴이)에서 샤오룽바오를 먹을 생각을 하니 벌써 입에 침이 고입니다.

마쓰우라 맞아요. 해마다 타이베이 마라톤 참가자가 늘고 있다고 들었습니다. 꼭 한번 참가해보세요.

니시모토 마라톤 풀코스는 기다려온 시간만큼 눈물이 납니다. 처음 풀코스를 완주한 사람은 백이면 백 눈물이 그렁그렁하죠.

마쓰우라 네 시간이나 달리다 보면 감정도 널을 뛰죠. 괜히 신경이 곤두서기도 하고 화가 나기도 해요(웃음). 그러다가 막바지에는 마음이 개운해지면서 봇물 터지듯 감동이 밀려오죠. 네 시간 속에 스토리가 담겨 있습니다.

니시모토 저는 달리면서 끊임없이 자문자답합니다. 이를테면 서브4라고 치면, 네 시간 내내 쉴 새 없이 머릿속 CPU를 가동해서 회의를 진행하는 느낌이 들어요. 막판에 몸이 안 움직이는 건 뇌가 지쳐서 지시를 늦게 내리기 때문이 아닌가 싶다니까요. 신체와 뇌에 시차가 생겨서 몸이 타격을 받는 거죠.

마쓰우라 그럴 가능성도 있겠군요. 장거리를 뛰다 보면 별별 시답잖은 것까지 다 떠오르잖아요(웃음). 그래도 마지막에는 차분하게 매듭짓지만요.

니시모토 마라톤은 금욕적인 이미지가 있지만, 모순되게도 일본보다 이탈리아에 마라톤 대회가 훨씬 많습니다. 전 세계 마라톤 대회를 찾아보면 달리고 싶은 레이스가 한둘이 아닙니다. 세계 굴지의 고속 코스라고 불리는 베를린, 무라카미 하루키 씨가 "도시의 유전자에 마라톤이 새겨져 있다"고 했던 보스턴, 나이키 본사가 위치해 있으며 '트랙 타운'이라고도 불리는 오리건 주 유진에서도 달려보고 싶습니다. 유진은 2021년 세계육상선수권대회 개최지로 결정되기도 했죠. 일본에서는 모든 게 2020년 도쿄 올림픽에 맞춰 있지만, 저의 결승점은 2021년 유진 세계육상선수권대회입니다(웃음).

4
5
6
7

마쓰우라 초보적인 이야기라서 부끄럽지만, 신발 끈에 관해서 터득한 게 있습니다. 저는 몇 년이나 신발 끈은 안중에도 없이 달렸는데요. 발가락 쪽에서 세 번째 구멍까지 끈을 풀었다가 다시 구멍에 끈을 끼우고 묶기만 해도 착용감이 월등히 좋아져서 깜짝 놀랐습니다.

니시모토 아무리 훌륭한 러닝화라도 끈을 제대로 안 묶으면 장점을 못 살리죠. 저는 준비운동 전에 참가자들에게 일단 끈을 풀고 신발 뒤축에 발을 꼭 맞춘 다음에 다시 끈을 묶게 합니다. 끈만 제대로 묶어도 착용감이 180도 달라지니까 다들 놀라서 '우아!' 하며 탄성을 지르곤 해요.
대부분 신발을 신을 때면 코 쪽을 탁탁 치면서 신던 버릇이 남아서 발가락 쪽을 신경 쓰는 경향이 있는데요. 발뒤축을 맞춰 신는 게 중요합니다.

마쓰우라 정말 신발 끈 하나로 착용감이 180도 달라지더라고요. 어릴 때부터 신발 끈은 맨 위만 꽉 조여서 묶으면 그만이라고 생각했는데, 얼토당토않은 생각이었어요. 그러고 보면 신발은 치수도 중요한데, 자기 발에 안 맞는 신발을 신는 사람들이 수두룩한 것 같습니다. 신발 끈으로 조절하면 된다고 생각하는 거죠.

니시모토 그 부분에 대해서 '호보 일간 중년 육상부'에도 썼는데요. 신발을 고를 때 실측 치수보다 0.5~1센티미터 더 크거나 작은 신발, 발볼 둘레가 서로 다른 신발을 비교해서 신어보는 게 좋아요. 그러면 신발과 발이 따로 놀지 않고 자신에게 딱 맞는 치수를 알 수 있거든요. 자신의 치수보다 조금이라도 큰 신발을 신고 달리면 발이 무거운 느낌이 들기 마련이죠.

마쓰우라 저도 여러 회사에서 나온 다양한 사이즈의 신발을 신어봐야겠습니다.

마쓰우라 성실하게 달리는 사람들은 마라톤 중간에 절대로 멈추면 안 된다고 맹신하잖아요? 저도 5~6년 정도는 아무리 힘들어도 멈추지 않았거든요.

니시모토 아무래도 무라카미 하루키 씨 영향이 크죠(웃음).

마쓰우라 맞아요(웃음).《달리기를 말할 때 내가 하고 싶은 이야기》를 읽은 사람들은 멈추면 큰일 나는 줄 알죠. 그렇게 고집을 부리면 반드시 다칩니다. 절대로 무리해서는 안 돼요.

저는 요즘 컨디션이 안 좋으면 걷기도 하고 쉬기도

합니다. 니시모토 씨는 어떠십니까?

니시모토 저는 일류 선수인 척하면서 멈춥니다(웃음).

마쓰우라 마치 필연적으로 멈춰야 하는 이유가 있는 사람처럼요?

니시모토 맞아요. 허리에 손을 올리고 스즈키 이치로 선수(메이저리그에서 활동하기도 한 일본을 대표하는 야구 선수_옮긴이)처럼 생각에 잠긴 척합니다(웃음).

마쓰우라 초기에는 안 멈추고 계속 달리셨나요?

니시모토 저같은 문과 출신 러너는 무라카미 하루키 씨처럼 "적어도 끝까지 걷지는 않았다"라는 문장을 묘비에 새기고 싶다는 욕망에 사로잡히니까요(웃음). 지금은 힘들면 아무렇지 않게 멈춥니다.

마쓰우라 요즘은 어느 정도 페이스로 달리시나요?

니시모토 주저앉고 싶을 만큼 피곤하지 않는 한 10킬로미터 이상은 달리려고 합니다.

마쓰우라 예전에 니시모토 씨가 "중요한 건 거리나 속도가 아니라 주행시간이다"라고 말씀하신 걸 듣고 규칙을 정했습니다. 10킬로미터를 달리는데, 내리 한 시간 달릴 수 있는 사람이 되어야겠다고 말입니다.

니시모토 한 시간, 그러니까 60분은 꽤 괜찮은 단위라고 생각합니다. 60분에 10킬로미터요.

요전에 지인이 65세인 자기 어머니가 달리기를 시작하려고 하는데 같이 달려줬으면 좋겠다고 부탁해서 다마강을 뛰러 갔었습니다. 아주 천천히 페이스를 맞추면서 달렸어요. 그랬더니 어머니도 10킬로미터를 완주하시더라니까요. 10킬로미터면 시부야에서 후타고타마가와까지 가는 거리라고 했더니 어찌나 놀라시던지요.

천천히 달리면 누구나 10킬로미터는 달릴 수 있습니다. 예를 들어 외국에 갔을 때 아침 일찍 일어나서 60분 동안 10킬로미터 달리는 걸 일정에 한번 넣어보세요. 그러면 그 동네를 거의 다 파악할 수 있습니다. 나흘 동안 머문다 치면, 동서남북으로 10킬로미터씩 달릴 수 있잖아요? 아침 일찍 인적이 드문 시간에 달리면 이것저것 발견하는 재미도 쏠쏠합니다. 나만의 오리지널 러닝 가이드북도 만들 수 있을걸요?

마쓰우라 신기하게도 달리기 차림이면 이리저리 기웃거려도 의심을 안 받아요(웃음). 저도 외국에서 종종 달리는데요. 그냥 여행보다 더 특별한 느낌이 들어요. 걸어서는 못 가는 거리도 뛰어서는 갈 수 있고, 길에서 망설이다가 유턴해서 돌아와도 아무 문제없죠. 여행지에서 숙박하는 호텔을 중심으로 거리를 사등분 해서 내 발로 뛰면서 나만의 지도를 만드는 건 굉장히 흥분됩니다. 빵 가게도 있고, 공원도 있네, 하면서 말이지요.

니시모토 맞습니다. 다양한 발견의 묘미가 있습니다. 혹시 '스트라바(Strava)'라는 애플리케이션을 아십니까? 지도며 주행거리, 속도를 기록하는 러닝 앱인데요. 런던에서 달리다가 리젠트 파크에서 적색 트랙을 발견했어요. 400미터짜리 트랙을 돌고 나서 이 트랙을 달린 사람들의 기록을 스트라바에서 찾아봤더니 43초가 최고 기록이었어요. 참고로 '400미터 달리기' 일본 기록이 다카노 스스무(아시아 선수로는 처음으로 세계육상선수권대회 400미터 결승에 진출했던 일본의 육상 감독_옮긴이) 씨가 세운 44초 78이니까, 가히 세계적 수준이죠. 스트라바에는 평범한 적색 트랙이나 작은 동네 길거리도 '언제 누가 달린 길'로 남습니다. 러닝을 즐기는 새로운 방법이죠.

마쓰우라 해외에서 달리는 건 그것만으로 여행을 떠나는 목적이 됩니다. 얼마 전에 독일 슈투트가르트에 다녀왔는데요. 매일 달렸더니 순식간에 시가지가 한눈에 들어오더라고요. 그렇게 아침 먹을 식당도 찾고, 시간 남을 때 빈둥거릴 장소도 찾았죠. 웬만큼 가이드도 하겠더라니까요. 10킬로미터를 달릴 수 있으면 어지간한 곳은 다 갈 수 있잖아요(웃음). 어딜 가도 불안하지 않습니다.

달릴 수 있어서 참 다행이다

마쓰우라 2011년 동일본 대지진 때는 교통이 마비돼서 도쿄에 사는 사람들도 다 걸어서 귀가할 수밖에 없었잖아요. 저도 그중 하나였는데요. 아오야마 부근에서 후타고타마가와까지 걸었더니 죽겠더라고요. 집에 있는 가족들과 연락이 안 되니까 기를 쓰고 빨리 돌아가고 싶은 마음이 간절했는데, 일분일초라도 빨리 집에 가려면 좀 더 빨리 걷는 방법밖에 없었어요. 지금이라면 뛰어서 갔을 텐데 말이죠.

아오야마에서 후타고타마가와까지는 10킬로미터가 조금 넘는 거리거든요. 그 정도는 뛸 수 있는 체력이 있어야겠다 싶었습니다. 중간에 녹초가 돼서 편의점에 생수를 사러 들어가는 나 자신이 어찌나 못마땅하던지요.

니시모토 저도 그날 같은 상황이었습니다. 당시 저는 오모테산도에 있는 회사에 다녔습니다. 아내가 긴자에서 오모테산도까지 걸어와서는 "더는 못 걷겠어. 어린이집에 애를 데리러 가야 하는데 어쩌지?" 하며 울상을 짓는 거예요. 오모테산도에서 어린이집까지 약 10킬로미터 떨어져 있는데, 아내한테 짐을 맡기고 달리기 시작했습니다. 다행히 아빠들 중에 제가 맨 먼저 어린이집에 도착할 수 있었어요.

세타가야 거리를 뛰어가던 중에 반대편에서 달려오는 사람과 눈이 마주쳤는데요. 그럴 때가 아니었지만, 서로 눈빛을 교환하면서 싱긋 웃었다니까요 (웃음). 마치 '달릴 수 있어서 우린 참 다행이에요!' 라고 말하는 느낌이었어요. 그 일은 평생 잊지 않고 마음에 새겨두려고요.

마쓰우라 정말 무슨 일이 일어날지 모르니까요. 단순한 예로 중요한 일에 지각할 것 같은 순간에도 달리면 어떻게든 된다는 신기한 감각이 있습니다.

니시모토 동일본 대지진이 일어나고 나서 게센누마(일본 미야기현을 대표하는 수산 도시로 동일본 대지진 당시 쓰나미로 인해 도시 전체가 큰 피해를 입었다_옮긴이)에 갈 기회가 많았는데요. 아침마다 이리저리 뛰면서 돌아다녔는데 어딜 가든 쓰나미 흔적이 남아 있었습니다. 고지대까지 쓰나미가 덮쳤다는 사실이 믿기지 않았는데, 높은 데까지 두 발로 뛰어 올라가 보니까 그제야 실감이 나더라고요.

마쓰우라 달릴 수 있으면 무슨 일이 생겼을 때 선택지가 넓어지죠. 10킬로미터를 너끈히 달릴 수 있다는 사실에 마음이 든든해진다고나 할까요.

니시모토 10킬로미터를 달리는 능력을 지녔다는 사실에 자부심을 느끼기도 하고요.

마쓰우라 게다가 그다지 젊지도 않은데 말입니다. 달리기는 확실히 일상의 활력소 역할을 한다고 할 수 있습니다. 정신적으로 견디기 힘든 일이 있어도 달리면 회복되니까요.

달리는 방법은 여러 가지

마쓰우라 저는 올해로 쉰두 살인데요. 앞으로 체력이 떨어질 걸 고려하면, 달리기도 다음 단계로 넘어가야 할 것 같습니다. 다르게 즐기는 방법을 찾아야 한다고 할까요. 달리는 동안은 혼자잖아요. 참으로 사치스러운 시간이라고 생각합니다.

니시모토 맞습니다. 그러니까 좋은 러닝 코스를 보유하는 게 중요한 것 같습니다.

마쓰우라 집 근처에 꽤 마음에 드는 10킬로미터 코스가 있어서 몇 년 동안 계속 그 길만 달리다가 최근에 처음으로 반대 방향으로 달려봤는데 무척 기분이 좋았습니다.

니시모토 아사히카세이(일본의 화학회사_옮긴이) 소속 요로이자카 데쓰야 선수는 대학 시절부터 쭉 기누타 공원에서 달린다고 하더라고요. 왜 기누타 공원을 고집하느냐고 물었더니, 학생 때 10킬로미터를 27분대에 끊은 장소가 기누타 공원이라서 그곳에서 벗어나고 싶지 않다고 하더군요. 그래서 매번 같은 코스만 뛰면 안 질리느냐고 조금 짓궂은 질문을 던졌더니 "같은 코스라도 달리는 방법은 여러 가지가 있죠"라는 대답이 돌아왔습니다. 역주행도 하고, 일부러 언덕길을 천천히 달려보기도 한다면서 똑같은 코스를 달리더라도 패턴을 바꾸면 몸이 자극을 다르게 받아서 재미있다고 하더라고요.

마쓰우라 맞는 말입니다. 10킬로미터 코스에서 마지막 1킬로미터는 상당히 고통스럽잖아요? 그런데 역주행을 하면 그 구간을 맨 먼저 달려버리니까 달리기가 수월해진 것처럼 묘한 느낌이 들어서 재미납니다.

니시모토 실업팀 케냐 선수들도 기누타 공원에서 달리고 있는데요. 그 선수들은 자연스럽게 역방향으로 달려요. 무시무시한 속도로 역주행해 오니까 겁날 때도 있다니까요(웃음).

세계육상선수권대회를 즐기는 법

마쓰우라 니시모토 씨는 세계육상선수권대회도 보러 가시잖아요? 거기 출전하는 선수들은 일반 러너와는 차원이 다를 것 같은데요. 어떤가요?

니시모토 제가 기누타 공원에서 달리기 시작했을 무렵에 고마자와대학교 선수들이 같은 코스를 달렸습니다. 그 선수들을 따라 해보려고 빠른 선수들을 쫓아다니다 보니 어느새 세계육상선수권대회까지 섭렵하게 되었다고나 할까요.

아마추어가 야구할 때 이치로 선수 폼을 흉내 내듯이 저는 나이키 오리건 프로젝트 소속 오사코 스구루 선수를 따라 하면서 달리는 걸 좋아합니다. '오사코 선수처럼 팔을 흔들면 이런 효과가 있구나' 하며 깨닫기도 하고, '이 구간에서는 요로이자카 선수 스타일로 버티고, 막판에는 영국 육상 선수 모하메드 파라 스타일로 앞질러 나가보자'고 생각해보기도 해요(웃음). 그런 재미를 위해서 경기를 지켜보기도 합니다.

마쓰우라 다른 사람의 특징을 잡아내서 따라 해본다니 참 흥미롭습니다.

니시모토 고마자와대학교 선수들을 보면서 달리기 시작한 터라 그대로 하코네 역전 마라톤에 푹 빠졌습니다(고마자와대학교는 하코네 역전 마라톤에서 여러 번 종합우승을 차지할 정도로 강팀이다_옮긴이). 1년 내내 고마자와대학교 선수들을 지켜보다 보니 육상경기 전반에 관심이 생겨서, '세계육상선수권대회'까지 발을 들이게 된 거죠(웃음).

취재진 자격으로 경기장에 들어가면서 사진도 찍을 수 있게 됐는데요. 파인더로 들여다보면 선수들의 특징이 더 명확하게 눈에 들어옵니다. 같은 학교 출신인 선수 둘이 마지막에 들어오는 동작이 똑같아서 그걸 보며 껄껄 웃은 적도 있어요.

마쓰우라 선수들의 모습을 보면 그들의 상태가 어떤지 알 수 있습니까?

니시모토 그렇고말고요. 어쩌다 가까이에서 지켜볼 기회가 있었는데요. 경기 시작 전에 소집소에서 대기하는 모습, 트랙으로 출발하기 전의 마지막 몸풀기, 출발선에서 기다리는 자세, 출발하고 난 뒤의 위치 잡기에서도 선수들의 속내가 드러납니다. 그런 게 눈에 들어오면 경기가 두 배는 더 흥미진진해집니다.

마쓰우라 세계육상선수권대회는 승부의 세계잖아요? 승부사만의 남다른 강점이라면 뭐가 있을까요?

니시모토 고수에게서는 아름다움이 느껴집니다. 그 경기만을 위해 만들어온 몸이니까요. 아름다운 선수들을 보다가 내 몸을 보면 한숨이 절로 나오지만요.

KÖLN LACHT!
31.10.-09.11.2019
BUS

달리기가 가져온 변화

마쓰우라 달리기를 시작하면 식사나 수면, 업무 패턴까지 많이 바뀌지요?

니시모토 아침에 상쾌하게 달리고 싶어서 술자리를 거절하게 됩니다(웃음). 개운하게 일어나고 싶어서 잠자리에 들기 전에 아미노산을 복용하기도 하고요. 수면 시간뿐만 아니라 수면의 질까지 고려하게 되지요. '이 주먹밥 하나의 열량을 소비하려면 5킬로미터나 뛰어야 하는구나!' 하며 저절로 칼로리를 염두에 두고 몸에 좋은 것을 선택하다가 직접 팔을 걷어붙이고 요리까지 하게 됩니다.

마쓰우라 오늘은 고기를 먹어야지, 하면서 나한테 뭐가 필요한지 생각해보게 되죠? 필요 이상으로는 안 먹게 되더라고요.

니시모토 맞습니다. 술 마시고 마무리로 라면이라도 먹는 날은 자는 동안 소화가 안 돼서 아침까지 속이 더부룩하거든요. 그 상태로 달리면 몸만 무겁고 좋을 게 하나도 없으니 먹는 양을 조절하게 되더라고요.

마쓰우라 제대로 설명하기는 힘들지만, 달리기를 하면 심리적으로 만족감을 느끼면서 쓸데없는 욕심을 안 내게 되는 것 같아요.

니시모토 몸이 각성하는 아침 시간에 달리면, 온몸의 센서가 활발하게 움직여서 온갖 것들에 마음이 갑니다.

마쓰우라 자기 컨디션이 어떤지 알 수도 있죠. 수상한 건강

보조제보다 달리기가 훨씬 더 몸에 이로울 거예요.

니시모토 다만, 달리기가 생활의 중심축이 되면 저녁에 술잔을 기울이던 친구와는 서먹서먹해지죠(웃음). 그래도 달리면서 새로 친구를 사귀니까 결과적으로는 교우 관계가 넓어집니다.

마쓰우라 기분전환 방법이 달라지는 거죠. 저는 달리는 기회를 놓치고 싶지 않아서 호시탐탐 벼르고 있습니다.

니시모토 저도 회사원 시절에 아침 일찍 회의가 잡혀서 달릴 시간이 없는 날은 미리 신발과 운동복을 챙겨서 약속 장소로 갔습니다. 회의를 마치고 회사에 돌아오기 전에 살짝 옆길로 빠져서 10킬로미터를 뛴 다음에 아무 일도 없었다는 듯이 책상에 앉았어요(웃음).

부상에서 자유로워지다

마쓰우라 저는 달리기를 시작하고 한동안 몸무게가 점점 줄어들었어요. 몸무게가 제일 적게 나갔을 때가 있었는데, 이러면 안 되겠다 싶더라고요. 살이 너무 많이 빠지면 체력도 같이 떨어지니까요.

니시모토 초기에는 계속 달리는 것과 과하게 달리는 것을 분간하기 어려울지도 모릅니다. 몸도 가볍고 피곤하지도 않은데 어쩐지 달리기 힘든 날이 있거든요. 그럴 때는 '운동 빈혈'을 의심해봐야 합니다. 착지하면서 발바닥 적혈구가 파괴되니까 운동 빈혈이 생길 수 있거든요. 그때는 달려봤자 감흥도 없으니까 쉬는 게 상책입니다.

마쓰우라 맞아요. 쉬는 것 말고는 뾰족한 수가 없습니다. 병원에 가도 쉬라는 잔소리만 들어요.

니시모토 적극적으로 휴식을 취하면, 체력이 회복돼서 다시 복귀할 수 있습니다. 몸을 관리한다는 심산으로 요가도 해보고, 로드바이크를 타고 멀리 가기도 하고, 장거리 수영도 해보는 거죠. 그러면 수영, 사이클, 마라톤 세 종목을 할 수 있으니까 나중에 트라이애슬론도 도전 가능해지는 셈이죠(웃음). 실제로 한여름에는 오래 달리질 못하니까 자전거나 수영을 병행해서 훈련하면, 선선한 가을이 찾아올 무렵에는 새로운 기분으로 달릴 수 있습니다.

마쓰우라 저는 두 번의 부상 경험이 있는데요. 두 번 다치고 나니까 요령이 생겨서 이제 부상도 안 당합니다.

니시모토 몇 번 다쳐보면 아픈 부위가 진짜 원인이 아님을 알게 되죠. 환부에 파스를 백날 붙여봤자 안 나아요. 허벅지나 엉덩이에 이상이 생겨서 무릎이 아플 때도 있거든요.

마쓰우라 10킬로미터를 달리기 시작했을 무렵에는 근육이 쑤시고 아프기도 했는데요. 좀 주제넘은 말일지 몰라도 이제는 근육통도 안 생깁니다. 근육통이 그립다니까요(웃음).

니시모토 그래도 마라톤 풀코스를 달리고 나면 경주 여파로 다리가 욱신거리잖아요(웃음).

마쓰우라 평소 사용하는 수준을 확연히 벗어나서 몸을 쓰는 거니까 근육이 깜짝 놀라긴 하겠죠.

달리는 자유만은 빼앗기고 싶지 않아!

니시모토 뭐니 뭐니 해도 달리는 자유만은 빼앗기고 싶지 않습니다.

마쓰우라 맞습니다. 달리기에는 자유가 있죠. 달리기의 자유로움을 좋아하는 사람 중에는 정해진 틀에 갇혀 있어야 하는 직업에는 안 어울리는 사람이 많을 것 같습니다.

니시모토 사실 〈호보 일간〉을 그만둘 때는 다음에 할 일이 전혀 정해지지 않았어요. 회사를 그만두는 일부터 시작한다는 마음으로 사표를 냈거든요. 일단 달리면 어떻게든 될 것 같더라고요(웃음).

마쓰우라 달릴 수 있다는 건 그만큼 힘이 있다는 거여서 어떻게든 되리라는 믿음이 솟아납니다. 일을 하다 보면 나 자신을 용서하기 힘든 날이 있는데, 그런 날도 달리면 나를 용서하고 받아들일 수 있게 돼요. 달리기가 저에게 얼마나 큰 힘이 되는지 모릅니다. 니시모토 씨는 앞으로도 계속 달리실 거죠?

니시모토 그렇습니다. 원래 금방 싫증을 내는 성격인데 이렇게 오래 이어가는 취미는 달리기가 처음이에요. 저 또한 마쓰우라 씨처럼 달리기가 큰 힘이 되기에 앞으로도 계속 달릴 거 같습니다.

1킬로미터 5분 45초를 지키는 삶

자유로운 삶에 필요한 일상의 루틴

아침밥을 먹고 나서 뛰러 나간다. 아침이 아니더라도 빈속에 뛰지는 않는다. 땀을 잔뜩 흘리기 때문에 물도 실컷 마시고 달린다.

공복에다 수분도 충분히 섭취하지 않은 상태로 달리면 몸에 해롭다. 이건 아주 중요한 이야기라서 달리기 책에도 단골손님처럼 등장한다. 그래서 나는 억지로라도 아침을 꼬박꼬박 챙겨 먹는다.

대개 한 시간 남짓 달린다. 달리기가 끝나면 7시가 조금 넘는데 서둘러 회사에 가서 업무를 시작한다. 별다른 약속이 없는 한 저녁 7시 전에는 집에 도착한다. 저녁에 스케줄이 생기더라도 웬만하면 8시까지는 귀가하려고 한다. 그런 다음 저녁을 먹고 10시에는 잠자리에 들었다가 다음 날 아침 5시에 일어난다. 이 과정을 매일 반복한다. 달리기를 시작하고부터 줄곧 이런 생활 패턴을 유지하고 있다.

나는 〈생활의 수첩〉 편집장이 되기 전부터, 그러니까 달리기를 시작하기 전부터 루틴을 짜서 생활하고 있었다. 당시는 프리랜서였던 터라 그렇게 해서라도 규칙적으로 살지 않으면 일의 리듬을 찾을 수 없었다.

몇 시에 일어나서 몇 시에 일을 시작하든 잔소리할 사람이 없지만, 남들보다 배 이상 자기관리에 힘쓰지 않으면 프리랜서로 먹고살기 힘들다. 금전 관리는 물론이고 업무 시간도 스스로 철저히 관리하고 통제하지 않으면, 어물어물하는 사이 일의 품질도 떨어지고 만다. 자유롭게 살아가기란 여간 어려운 일이 아니다.

또한 프리랜서에게는 허물을 지적해주는 사람이 없기 때문에 알아서 조심하는 수밖에 없다. 그러려면 항상 일상을 돌아보고 시간을 어떻게 쪼개 써야 할지 고민하면서 바로잡으려는 마음가짐이 필요하다. 역설적으로 들리겠지만, 프리랜서로서 자유를 누리기 위해서는 일상의 루틴이 꼭 필요하다는 생각이 든다.

계획적이고 규칙적으로 살기 위해 노력하고 있다면, 생활 속에 달리기라는 습관 하나를 더해보는 건 어떨까. 얻을 수 있는 수많은 이점에 비해 그리 품이 많이 들지는 않을 것이다.

어떻게 먹을 것인가

달리기 시작하면서 간식을 뚝 끊었다. 군것질을 좋아하는 편은 아니지만 막상 눈앞에 보이면 손을 뻗게 되고, 직업상 누가 권하면 거절하지 못하고 입에 넣곤 했었다. 그랬던 내가 밥 외에는 안 먹게 되었다.

식사 시간은 규칙적이다. 배가 고프든 말든 식사 시간은 어김없이 지킨다. 공복감과는 상관없이 제대로 영양을 섭취하지 않으면 기력이 떨어지기 때문이다.

달리기 전에도 대식가는 아니어서 풀코스를 챙겨 먹는 일은 거의 없었다. 밥은 밥그릇에 반만 담아서 먹었다. 남자치고는 양이 적은 편이었다. 딱히 다이어트를 하는 건 아니다. 과식하면 다음 날 힘들어서 일정량 이상 먹지 않을 뿐이다.

술은 입에 대지 않는다. 손님을 접대하는 자리에서도 술은 마시지 않는다고 미리 양해를 구하고, 꼭 마셔야 할 상황일 때도 내 주량을 넘어서지 않는다.

운동할 때는 에너지를 보충하기 위해 많이 먹어야 한다고 생각하는 경향이 있는데, 내 나이쯤 되면 이야기는 달라진다. 10대나 20대는 뼈와 근육이 성장하느라 영양분이 많이 필요하지만, 50대인 나는 성장이 멈췄기 때문에 현상을 유지하는 양이면 충분하다. 물론 소화 능력에서도 크게 차이가 난다. 50대의 하루 권장 열량은 약 1500칼로리다. 그러므로 평소에도 2000칼로리 이상은 섭취하지 않는다.

달리는 날은 더 많이 먹고 달리지 않는 날은 덜 먹는 법도 없다. 식사량과 식사 시간은 언제나 동일하다. 규칙적인 식사는 달리기와는 또 다른 나만의 건강관리법이다.

나는 달리기를 할 때처럼 음식을 먹을 때도 어떻게 먹는 게 좋을지 다양하게 시험했다. '밥을 두 공기 먹으면 어떨까?

고기반찬을 늘리는 게 좋을까? 식사 시간을 늦춰 볼까?' 이런 식으로 식사량과 빈도, 음식의 종류 등을 가지고 여러 가지 시도해본 끝에 지금의 식사법을 선택했다.

나이와 생활 패턴, 활동량 등에 따라 적합한 식사법은 다 다를 것이다. 각자 자기에게 제일 잘 맞는 방법을 스스로 찾아내길 바란다.

나는 선수가 아니라서 철저하게 실천하지는 못하지만, 마라톤 대회에 참가할 때는 사흘쯤 전부터 고칼로리 식품을 섭취하려고 노력한다. 칼로리가 높은 음식을 먹지 않으면 에너지가 부족해서 지치기 때문이다.

우리 몸은 자동차와 같다. 달리기 전에 에너지를 가득 채워놓지 않으면, 살이 쭉쭉 빠져서 건강을 잃을 수도 있다.

나는 기본적으로 먹고 싶은 음식을 먹는다. 음식을 가리지는 않지만, 패스트푸드나 인스턴트식품을 좋아하진 않아서 잘 먹지 않는다. 또한 적정 칼로리를 초과하지 않으면서도 균형 잡힌 식사를 하려고 애쓴다. 고기를 먹으면 야채도 같이 먹고, 소화가 잘 안 되는 음식은 가급적 피하는 식의 아주 일반적인 식사법이다. 달리기 때문에 식생활을 개선하는 게 아니라 내 나이와 몸에 맞게 먹으려면 어떻게 해야 할지 고민한다.

본래 체력 관리는 자기 책임이라고 생각한다. 유행성 감기나 병에 걸리는 건 불가항력이라지만, 그래도 몸이 아프면 관리가 부족했던 내 탓인 것만 같아서 반성하게 된다. "감기에 걸려서 못 했습니다"라고 말해야 하는 상황을 만들고 싶지 않다.

건강관리만 잘해도 신뢰도가 상승한다. 반대로 제아무리 똑똑하고 일솜씨가 뛰어나도 자주 몸이 아파서 쉬는 사람에게는 큰일을 맡기기 어렵다.

한살 한살 먹을수록 건강만큼 값진 보물은 없다는 걸 실감한다. 하늘이 준 선물을 더 반짝반짝 빛이 나게끔 매만져서 보물로 만드는 것은 각자의 몫이 아닐까.

발을 유연하게 만드는 셀프 발 마사지

지금의 내가 존재하는 건 달리기에서 절대로 빠뜨려서는 안 되는 기술을 터득했기 때문이다. 그건 바로 맞춤형 신발 깔창을 제작하는 기술자에게 배운 발 마사지다.

발의 피로를 풀고 달릴 때의 자세, 평소 몸 상태를 개선하는 데 이보다 좋은 방법은 없다. 이 발 마사지는 발가락부터 뒤꿈치까지 발 전체를 부드럽게 풀어주는 것으로 방법도 간단하다. 매일 꾸준히 하기만 하면 된다.

먼저 오른발을 왼쪽 허벅지 위에 올린다. 오른발 엄지발가락과 발바닥이 연결되는 부위에 오른손 엄지손가락을 놓고 나머지 손가락으로 발을 감싼다. 그 상태에서 왼손 손가락을 오른발 발가락 사이사이에 끼우고 시계 방향으로 크게 열 번 돌린다. 시계 반대 방향으로도 똑같이 열 번 돌린다.

다음에는 오른손을 발바닥 한가운데로 옮기고, 왼손 손가락을 좀 전과 같이 발가락 사이사이에 넣어 크게 돌린다.

이번에는 오른손으로 발뒤꿈치를 뒤에서 꽉 잡고 다시 같은 방법으로 발을 돌린다. 마지막에는 오른손으로 발목을 잡고 발을 돌린다. 이 과정을 반대쪽도 똑같이 실시한다.

실제로 발이 단단하게 굳어서 고생하는 사람이 많은데, 이런 식으로 부위를 바꿔가면서 손으로 잡고 돌리기만 해도 발은 조금씩 유연성을 회복한다.

발은 체중을 떠받치는 임무를 맡고 있어서 관리가 필요하다. 이 마사지를 하루에 세 번씩 해주면 좋다.

나는 시간이 날 때마다 양말을 벗고 이렇게 마사지를 하면서 몸 전체의 부담을 줄이고자 노력한다. 덕분에 예전에 나를 괴롭혔던 요통과 부주상골증후군이 씻은 듯이 나았다.

권태기가 찾아오다

나는 일주일에 세 번, 7킬로미터를 45분에 달리면서 러너다운 체형을 만들었다. 달리는 습관이 붙으면서 제법 그럴싸한 러너가 된 것이다. 이 정도 달리게 되면, 더 빨리 더 오래 달리고 싶은 욕망이 또다시 꿈틀거린다. 그러면 거듭 도전이 시작된다.

'이번에는 45분이 아니라 40분 만에 달려볼까? 7킬로미터 대신 10킬로미터를 50분에 달리는 건 어떨까?'

그런데 도전을 거듭하는 사이 점점 흥미가 떨어졌다. 더 빨리, 더 오래 달리는 게 부담스럽고 괴로우면서도 주 3회, 7킬로미터를 45분에 달리는 걸로는 성이 차지 않았다.

하지만 달리면서 느끼는 기분 좋은 감정들, 그러니까 현실에서 벗어난 데서 오는 기쁨과 머리가 맑아지는 느낌, 편안한 피로감을 경험으로 알기 때문에 자꾸자꾸 원하게 된다. 인식하지 못하는 사이 시간을 단축하고 달리는 거리를 늘리는 데 빠져서 예전처럼 나를 잃어가고 있었다.

'내가 지금 뭘 하는 거지?'

불만족과 괴로움 사이에서 갈팡질팡하고, 뭘 해도 채워지지 않으니까 조바심만 내다가 그만 달리는 재미를 잃고 말았다. 달리기에 권태기가 찾아온 것이다.

매일 반복하던 일에서 염증을 느끼는 순간이 있다. 아무리 근사한 카페도 3년쯤 출근 도장을 찍다 보면 이제 발길을 끊어야겠다 싶은 순간이 찾아온다. 싫증이 났다는 증거다.

관점을 바꿔서 말하면, 싫증이 났다는 건 일정 수준 이상 도달했다는 뜻으로 볼 수도 있다. 초기에는 설렘과 놀라움으로 넘쳤던 세상에 아무런 변화도 일어나지 않는 정지된 시간이 길어지면 질리고 만다. 어쩌면 싫증은 자연스러운 현상일지도 모른다.

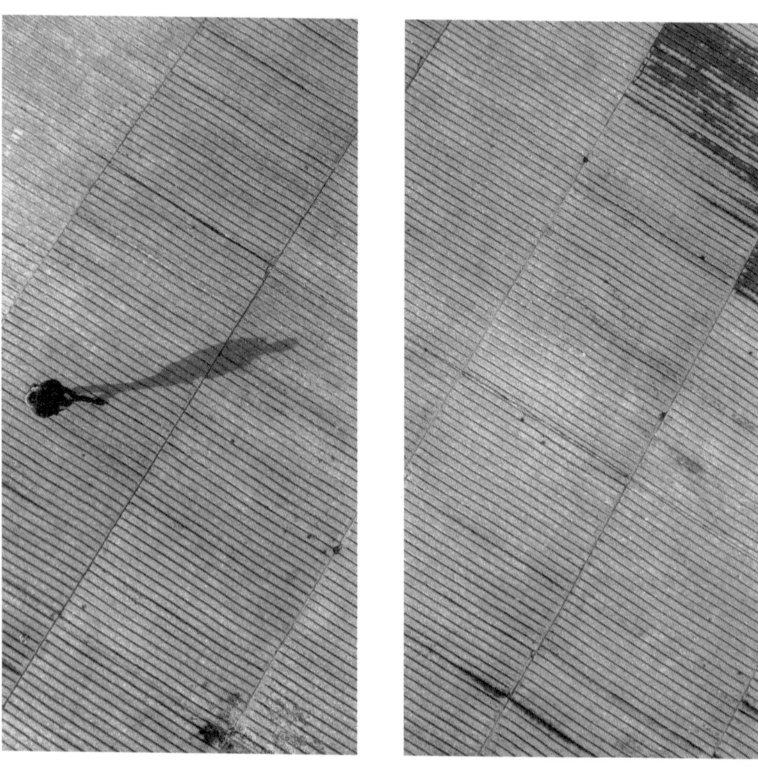

여기서 멈출 것인가

무슨 일이든 8할까지는 노력한 결과가 순조롭게 눈에 보이다가 거기서부터는 다른 차원이 시작된다. 지금까지 상승가도를 달리다가도 8할에 도달하고 나면 제자리걸음이 이어진다. 그럴 때 사람은 싫증을 내기 마련이다.

그렇다면, 싫증이 났을 때는 어떻게 해야 할까?

먼저, 그만두는 선택지를 고를 수 있다. 질렸으니까 달리기를 접고 축구를 해보는 것도 하나의 방법이다.

다음으로 다시금 배우고 익히는 방법이 있다. 8할보다 높은 경지에 오르려면 어떻게 해야 하는가? 나머지 2할에 도전할지 말지 결단이 필요하다. 지금까지와는 다르게 새로 배우겠다는 각오가 없으면 남은 2할을 정복할 수 없다. 간단히 말해서, 그만둘지 아니면 다시 처음부터 진지하게 공부할지 선택의 갈림길에 선 것이다.

예를 들어 덧셈과 뺄셈을 완벽하게 배웠다 하더라도 그것만 하면 시시하니까 전혀 다른 연산인 곱셈과 나눗셈을 공부한다. 8할보다 높은 경지란 그런 것이다.

더 높은 세상으로 가려면, 우선 그런 세상이 존재한다는 사실을 알아야 한다. 대부분의 사람은 8할이 전부라고 믿는다. 어찌 보면 나머지 2할의 존재를 아는 것이 핵심이라 할 수 있다. 감각과 호기심이 없는 한, 아니면 대단히 친절한 사람이 나타나서 가르쳐주지 않는 한 위쪽 세상을 알기란 불가능하다.

본래 8할보다 위쪽 세상에 진정한 멋이 있는 법이다. 비단 달리기에 국한된 말이 아니다. 생각이 여기에 이르자 나는 달리기에서 8할 너머의 세상은 무엇일까 호기심이 생겼다. 권태기가 나를 다른 단계로 인도한 것이다.

‘아름다움’에 눈을 뜨다

달리기에 존재하는 8할 너머의 세상을 공부하기로 결심하고 실천하면서 나는 더 빨리 달리거나, 더 멀리 달리거나, 마라톤에 어울리는 몸을 만드는 것이 상위 세상에 이르는 길이 아님을 깨달았다. 필요한 건 바로 ‘아름다움’이었다.

만약 당시 누가 나에게 “당신은 아름답게 달립니까?”라고 물었다면 절대 그렇다고 대답할 수 없었다. 그저 일정한 페이스로 일정한 거리를 부담 없이 달리는 게 다였다.

다른 사람이 달리는 걸 따라 하면서 바른 자세로 달리고자 무진장 애를 썼지만, 나의 달리기를 어느 수준까지 끌어올리고 싶은지를 고민한 적은 없었다. 내 머릿속에서 그린 이미지와는 180도 다르게 다른 사람들 눈에는 필사적으로 다리를 퍼덕거리며 허우적대는 모습으로만 보였을지도 모른다.

달리기뿐만 아니라 일에서도 고작 8할까지 도달한 걸로는 아름다움을 느낄 수 없다. 그렇다면 도대체 어떻게 해야 아름답게 달릴 수 있을까?

'아름다움'은 주행거리나 기록과는 무관하다. 아름다운 달리기에 의의를 두고 하나하나 배우면서 훈련을 거듭해야 한다. 그동안 해왔던 것과 동떨어진 별개의 훈련 지침을 만들어서 다시 반복해야 한다.

나는 5년 넘게 달린 뒤에야 겨우 이 사실을 깨닫는 지점에 다다랐다. 일정 수준에 도달한 다음에야 아름다움에 눈을 뜨는 것은 일과 일상생활에서도 마찬가지다.

더 높은 세상을 향한 발견

달리기를 생활의 일부로 만드는 게 목표라면, 일주일에 세 번씩 7킬로미터를 45분에 달리기만 해도 충분하다. 하지만 나는 더 높은 세상을 찾고 직접 그 세상을 경험하고 싶었다. 그래서 그때부터는 '아름다운 달리기'를 목표로 삼고 달렸다. 아름다움은 인생 전반에 걸쳐 통용되는 보편적인 테마다.

우리를 둘러싼 갖가지 프로젝트와 일은 대부분 8할에서 멈춘다. 가로축에 시간을, 세로축에 퀄리티를 놓고 그래프를 그려보면, 시간에 따라 퀄리티가 쭉 상승하다가 돌연 상승세를 멈추고 옆으로 일직선을 그리기 시작한다. 어떤 한 시점에서 한계점에 다다른 것인데, 대체로 8할쯤 되는 곳이다.

거기서 더 위로 올라가고 싶으면, 지금까지와는 판이한

테마가 필요하다. 어느 쪽으로 갈지 테마를 정해야만 더 높은 곳으로 갈 수 있는 법이다. 나는 '아름다움'을 달리기에 관한 새로운 테마로 삼았다. 달리기를 시작했을 무렵에는 아름답게 달리는 건 상상도 못 했다. 막 아르바이트를 시작한 사람이 '난 아름답게 일해야지'라고는 꿈에도 생각지 못하듯이.

권태기에 빠져들던 즈음에 아름다움에 눈을 뜬 것은 일종의 발견이라고 생각한다. 아름다움이란 세상만사의 궁극적인 원리이며 원칙이 아닌가. 수박 겉핥기로는 다다를 수 없는 게 바로 아름다움이다.

생각해보면 나는 그동안 어떤 일에서든 새로운 테마를 찾아내기 위해 고민하고 애태우는 편이었다. 그리고 그걸 추구하는 과정에서 많은 깨달음을 얻었다. 달리기뿐 아니라 회사일이나 집안일, 사람과 사람 사이에서도 상황을 지금보다 더 낫게 바꾸고 싶다는 바람을 강하게 품어왔다. 어느 단계 이상으로 가려면 스스로 새로운 테마를 찾아서 전력을 기울이는 방법밖에 없음을 앞으로도 항상 염두에 두려고 한다.

아름다움은 우연한 만남을 계기로 손에 넣을 수 있을 만큼 간단하지 않다. 매일매일 생각을 거듭하며 고민하는 자세가 중요하다. 대관절 아름다움은 어디에서 나오느냐고 묻는다면, 축적된 경험에서 나온다고 말하고 싶다. 끊임없이 생각하고, 생각한 것을 이루기 위해서는 다양한 경험을 쌓아야 한다. 그렇게 하다 보면 필연적으로 새로운 것을 받아들이는 데 주저함이 없는 사람이 되지 않을까?

아름다운 달리기에 필요한 것

'아름다움'을 테마로 삼은 후 나는 어떻게 하면 아름답게 달릴 수 있을지 깊이 파고들었다. 그전까지는 준비운동과 마무리 운동만 하다가 요통을 앓으면서 체간에 주목하고 꾸준히 복근운동을 했다.

아름답게 달리려면 아무래도 달리는 자세가 중요한데, 이는 영원한 숙제라 할 수 있다. 아름답게 달리기 위해서는 하반신과 심폐 기능보다 체간을 단련하는 일에 중점을 두어야 한다. 체간의 중심은 복근이므로 복근을 집중적으로 키워야 한다.

재차 체간을 언급하지 않을 수 없다. 체간근, 즉 복근이 얼마나 중요한지는 앞서 허리를 다쳤을 때도 절실하게 느꼈다. 복근을 키우는 트레이닝은 다양하다. 책이나 인터넷에도 잔뜩 소개되어 있고, 복근 롤러처럼 기구를 사용하는 방법도 있다. 나는 그런 것도 적극적으로 활용했다.

복근은 물론 등근육에도 정성을 기울였고, 유연성을 기르기 위해 스트레칭도 열심히 했다. 아름답게 달리기 위해서는 해야 할 일이 산더미였다.

체간 근력이 부족하면 자세가 나빠지기 쉽다. 손발을 자유롭게 움직일 수 있어야 아름답게 달릴 수 있으므로 유연성도 꼭 필요하다. 아름다움을 테마로 정한 지 얼마 안 된 시기에는 복근과 유연성이 중요하다는 사실을 알아차리지 못했다. 스스로 계속 공부하는 사이 자각하게 되었다.

지금 내 관심은 기록이나 거리가 아니라 얼마나 아름답게 달리느냐에 쏠려 있다. 체간과 유연성을 키우면, 어제보다 오늘 더 즐겁게 달릴 수 있으리라 믿는다.

자세는 발소리와도 무관하지 않다. 달릴 때 철퍼덕철퍼덕 소리를 내며 달리는 사람도 있고, 쉭쉭 다가오는 사람도 있고, 쿵쿵거리며 달리는 사람도 있지만, 아무 소리도 내지 않고 달리는 것이 가장 바람직하다. 호흡이 흐트러지면 아름답게 달릴 수 없다.

지금 말한 것들은 기록이나 주행거리와는 상관없다. 아름답게 달릴 수만 있으면, 거리는 나중에 얼마든지 늘릴 수 있다. 또 마음만 먹으면 언제든지 빨리 달리는 것도 가능하다.

'어째서 이렇게까지 아름다움에 매달리는 걸까' 의아해할 수도 있겠다. 오해를 살지도 모르지만, '미'를 추구하느냐 마느냐에 성공과 실패가 달려 있다고 믿기 때문이다.

'미'라는 한 글자에는 여러 가지 모습이 들어 있다. 여기서 내가 강조하고 싶은 것은 누가 보더라도 아름답다고 느끼는 것을 선택하고 창조하는 것이다. 자기 혼자만 아름답다고 여기는 수준은 진정한 아름다움이 아니라고 생각한다. 이는 개인이 지닌 그릇의 크기와도 관계가 있다.

'남을 배려하는 마음이 있는가?'

'그 일을 하는 목적의식이 명확한가?'

미를 선택할 때는 다양한 각도에서 그 사람의 감각과 감성이 드러나는 법이다. 미를 추구하는 방법은 각양각색이지만, 어떤 상황에서든 기본적으로 전체 흐름을 판단하는 눈이 필요하다. 전체 흐름이 눈에 들어오면, 도전하느냐 마느냐만 결정하면 된다.

나는 달리기를 통해서 어떤 영역이든 공통적으로 8할 너머의 세상이 존재한다는 것을 알았다. 어쩌면 안 달리고도 알아차렸을 가능성도 있지만, 달렸기 때문에 더 확실히 인지할 수 있었다. 달리기, 회사 일, 집안일, 인간관계를 포함한 모든 분야에서 8할 너머의 세상을 만나야만 진정한 퀄리티가 나온다는 사실을 말 그대로 몸으로 실감한 것이다.

준비의 필요성

지금 나는 아름다움을 이해하기 위해 여러 각도에서 정보를 모으고 시행착오를 거듭하면서 내 힘으로 알아가는 시간을 보내고 있다. 이 과정에서 몇 가지 깨달음을 얻었다. 그중 하나가 준비의 필요성이다.

평상시 준비를 철저히 한 사람은 예상치 못한 마찰이 일어나도 본래의 집중력을 발휘할 수 있다. 별안간 사건에 휘말리더라도 어느 정도 준비가 되어 있으니까 어떻게든 대처할 수 있고, 무슨 일이 발생하더라도 단숨에 집중력을 높여서 자기 실력을 십분 발휘할 수 있다. 그러므로 유비무환이라는 옛말처럼 매일매일 준비하는 자세가 필요하다.

언제든지 달리라는 지시가 떨어지기가 무섭게 당장 출발

할 수 있게끔 기초체력을 다지는 것도 준비의 일종이다. 아름답게 달리기 위해 평소 체간을 단련하고 유연성을 높이는 것도 준비다. 이처럼 무슨 일이든 평소에 준비해야 한다.

완벽한 준비란 없지만, 많이 하면 할수록 좋은 것이 준비다. 준비란 가설을 세우고 대응책을 마련하는 것이다. '어쩌면 그렇게 될지도 몰라, 그렇게 되면 어떻게 하지?'라는 식으로 가설을 세우고 심사숙고하는 것이 바로 준비다.

예를 들어, 출근할 때 매번 도쿄역을 지나간다면, 도쿄역에서 전철이 멈춘 상황을 가정해서 다른 경로를 알아두는 것이 준비다. 혹은 마른하늘에서 날벼락 떨어지듯이 직장에서 잘릴지도 모르니까 수중에 돈이 얼마나 있는지 파악해두는 것이 준비다. 감자가 없어서 카레라이스를 만들 수 없는 경우를 대비해서 다른 요리를 연습해두는 것도 준비다. 이처럼 준비란 무언가를 위해서 항상 고민하면서 방법을 확보하는 것이다.

준비하려면 그만큼 깊이 연구해야 한다. 준비는 하면 할

수록 지식이 늘기 때문에 무슨 일이 일어나도 자연스럽게 대처할 힘이 생긴다. 이건 다른 책에서도 언급한 적 있는데, 미리 준비해두면 부탁을 받았을 때도 즉시 대답할 수 있다. "하루만 생각할 시간을 주십시오"라고 했다가는 앞으로 아무도 일을 맡기지 않는다.

준비된 자만이 기회가 왔을 때 힘껏 방망이를 휘두를 수 있다. 직접 여러 가지 가설을 세우고 시뮬레이션하는 일이 얼마나 중요한지는 이루 다 설명할 수 없다. 나는 마라톤을 통해서 준비의 필요성을 한층 더 실감했고 날마다 확인하고 있다.

나는 아이디어의 퀄리티를 조금이라도 더 높이기 위해 달린다. 달리면서 쉼을 얻고, 기분을 전환하고, 머리를 식힌다. 내 삶 속에서 달리기는 만병통치약의 역할을 톡톡히 하고 있다.

아름답게 달리기 위한 나만의 페이스

나는 GPS 기능이 있는 시계를 차고 달린다. 이 시계에는 지금까지 달려온 주행거리며 시간이 저장되어 있지만, 과거의 기록을 돌아보지는 않는다. 달리는 목적이 시간 단축이 아니기에 어제까지의 기록은 내 관심사가 아니다.

나는 달리는 시간보다 페이스를 중요하게 여기는 터라 내가 꿈꾸는 아름다운 달리기를 위해서 시계로 랩타임(중장거리 경주에서 트랙을 한 바퀴 돌 때 걸리는 시간_옮긴이)을 확인한다.

나에게는 1킬로미터를 5분 45초에 달리는 것이 이상적이다. 이 페이스에서 가장 아름답게 달릴 수 있기 때문이다. 몇 년이나 계속 달린 사람에게 이건 빠른 속도가 아니다. 오히려 느린 축에 든다. 하지만 빨리 달리는 것보다 1킬로미터를

5분 45초라는 시간을 들여서 모든 신경을 다 쓰면서 신중하고도 천천히 달리는 편이 훨씬 더 어렵다.

일에 비유해서 설명하면 이해하기 쉬울 것 같다. 누구보다 일 처리가 빠르지만 대충대충 끝내는 유형과 빠르진 않지만 입이 쩍 벌어질 만큼 빈틈없이 꼼꼼하게 마무리 짓는 유형이 있다면, 지금 나는 후자가 되기를 소망한다.

빨리 완주하기보다는 달리면서 만나는 많은 것들을 천천히 음미하고 싶다. 그래서 내게는 시계가 필요하다. 빨리 달리기 위해서가 아니라 아름답게 달리기 위해서.

시계를 보면서 조금 빠르다 싶으면 속도를 늦춘다. 러너들은 대체로 종반에 페이스가 떨어지기 쉬운데, 내 경우는 처음부터 끝까지 거의 동일한 페이스로 달리기 때문에 숨을 고르게 유지할 수 있다.

나를 위한 제3의 장소

아마도 대다수 러너는 나와 다른 목표를 가지고 달릴 것이다. 빨리 달려서 기록을 앞당기고 싶은 사람도 있고, 스포츠센터 같은 곳에서 칼로리를 소모하기 위해 땀을 뻘뻘 흘리는 사람도 있을 터이다.

나는 방법이 뭐가 됐든 그 사람에게 맞으면 그만이라고 생각한다. 요즘은 자신을 몰아붙이는 운동부 스타일 달리기 대신 부담 없는 달리기가 주류가 된 것 같다. 시간이나 소비 칼로리라는 숫자를 쫓거나 운동선수처럼 타인과 경쟁하는 달리기가 아니라, 조금은 느슨한 방식으로 체력을 관리하기 위한 달리기나 조깅 말이다. 요컨대 카페에 가는 기분으로 달리러 가는 것이다.

'가정'과 '일터' 외에 내가 있을 곳이라는 뜻으로 '제3의 장소'라는 말을 종종 사용하는데, 나는 달리기도 그중 하나라고 생각한다. 혼자만의 시간을 보내며 긴장을 풀고 마음의 안정을 찾을 수 있기 때문이다.

나에게 달리기는 진정한 제3의 장소다. 나는 그곳에서 1킬로미터 5분 45초 페이스를 유지할 때 가장 편안함을 느낀다.

오로지 나 자신에게 집중하면서 혼자 달리는 것은 정말로 과분한 시간이다. 앞에서도 이야기했듯이 우리는 늘 가족이나 친구, 직장 동료에게 둘러싸여서 시간을 보낸다. 가령 홀로 차를 마시는 순간은 진짜 혼자일까? 그곳이 공공장소라면 아무래도 주위에 신경을 쓰게 되고, 다른 사람과 얽히기 마련이다.

나는 나만의 달리기 방법과 훈련 방법을 모색하고 시험하고 그 과정에서 무언가를 얻고 발견하면서 혼자만의 시간을 보냈다. 나에게는 그런 행위가 필요했다. 주행거리와 시간을 관심 밖으로 밀어내고, 달리기를 통해서 삶에 필요한 새로운 가치관을 찾았다.

달리기는 내게 단순한 운동이 아니었다. 잘 달리기 위해 여러 가지 방법을 시도하고 시행착오를 거치면서 삶에서 소중한 것들을 잔뜩 발견할 수 있었다. 막연했던 것이 선명하게 보이는 경험도 했다. 나는 앞으로도 계속해서 새로운 가치관을 찾는 길을 걸어갈 것이다.

어떤 일을 하든지 기존의 목적과 목표, 가치관을 따라갈 필요는 없다. 꼭 거리, 시간, 소비 칼로리라는 목표를 향해 달릴 필요가 없다는 뜻이다. 대신 내가 세운 목표가 과연 합당한지는 제대로 따져볼 가치가 있다. 일을 하는 방식도 마찬가지다.

시대성이 아주 강하게 드러나는 일례를 들어보겠다. 과거 일본에는 어떤 일을 달성하고자 전원이 똘똘 뭉쳐서 몇십 년이나 고군분투하는 것을 미학으로 받아들이던 시대가 있었다. 당시는 거의 모든 기업이 종신고용제와 연령급(노동의 질과 양에 상관없이 연령에 따라서 임금을 정하고 연령이 증가함에 따라 임금이 높아지는 제도_옮긴이)을 채택했기 때문에 수십 년 동안 한 회사를 다니며 같은 일에 몰두하는 것을 당연시했으며, 다 같이 일치단결하여 목표를 이루고자 노력했다. 장점이 없지는 않지만, 요즘 시대에는 비현실적으로 보인다.

지금은 어떤 분야나 직장에서도 일반적으로 배우고 익히는 기간이 5년을 넘지 않는다. 보통 3년이면 성과를 요구한다. 한 회사를 평생 다니는 경우도 줄고 있다.

다시 말해, 지금은 하나로 뭉쳐서 악착스럽게 버티는 시대가 아니다. 과거에 사로잡혀 있는 한 새로운 가치를 발견하기란 불가능하다.

업무 방식뿐 아니라 생활 속의 모든 면에서, 물론 달리기에서도 새로운 방향과 새로운 의식을 지녀야 한다. 시대에 발맞춰서 마음가짐을 가다듬지 않으면 사회에서 고립될 수밖에 없다.

세상은 나날이 급변하고 있다. 누구나 어렴풋이 느끼고는 있지만, "구체적으로 뭐가 달라지고 있는데요?"라고 물었을 때 자신 있게 대답할 수 있는 사람이 과연 몇이나 될까? 세상이 어떻게 바뀌고 있는지 자각하지 못하는 사람은 자기 자신을 변화하려 들지 않을 것이다. 실제로 정보, 의식, 지식의 유무에 따라 수입과 생활수준이 천차만별임이 밝혀지기도 했다. 구조와 방식이 빠르게 변화하는 환경에서 살아남으려면, 안테나를 세우고 새로 탄생하는 기준을 민감하게 숙지해야 한다.

달리기와 관련해서는 얼마 전까지만 해도 "운동할 때는 물을 마시면 안 된다"라고 했었지만 지금은 더 이상 맞지 않는다. "달리기란 육체의 한계에 도전하는 것이다", "마라톤을 하는 사람은 반드시 풀코스에 출전해야 한다"라고 떠드는 사람도 있는데, 요즘 시대와는 겉돈다고 생각한다.

이제껏 우리가 정답이라고 철석같이 믿었던 사고방식이 자꾸자꾸 사라진다. 중요한 건 그것들이 어떤 이유로 통용되지 않게 됐는지 알고자 하는 태도가 아닐까.

매일 신문을 읽고, 갖가지 미디어를 접하고, 모르는 분야에 관한 책을 읽으며 전문가의 의견에 귀를 기울이는 생활이

습관화되면 시대에 맞게 새로운 지식과 사상을 계속 흡수할 수 있을 것이다.

나는 다양하게 흡수하면서 나 자신을 바꾸고 싶어서 매일 매일 필사적으로 살아간다.

잠시 현실에서 벗어나는 시간

달리면 머리가 맑아진다. 체에 걸러서 불순물이 제거되는 느낌이라고 하면 맞으려나.

일에 매달리다 보면 머릿속에 각종 정보와 감정, 업무와 지식이 쌓일 대로 쌓여서 머리가 터질 것 같은 순간이 있다. 머리에서 김이 나면서 사고가 정지되기도 한다. 그럴 때 달리기를 하면 머리를 식힐 수 있다. 달리기라는 군더더기 없이 단순한 행위가 쓸모없는 불순물을 거르고 중요한 알맹이만 남게 해준다.

여백을 남기지 않고 뇌를 풀가동하게 되면, 아이디어도 떠오르지 않고 속도도 둔해진다. 가끔은 강한 집중력을 발휘하여 몰입해야 할 때가 있는데, 그럴 때 단번에 집중력을 높일 수 있는 능력이 이 시대를 살아가는 우리에게는 꼭 필요하다. 언제 무슨 일이 일어나더라도 유연하게 대응할 수 있게끔 집중력을 끌어올릴 수 있느냐 없느냐는 우리가 생각하는 것 이상으로 중요하다.

달리면 머릿속이 정리된다. 책상을 정리하듯이 달리기를 통해 생각을 정리하고 마음을 가다듬는다. 언제든지 최대 능력을 발휘할 수 있도록 나를 단련하는 것이다.

달리기 초기에는 힘들어서 '아, 춥다', '아, 덥다' 정도밖에 못 느꼈다. 하지만 지금은 오늘 컨디션이 어떤지 물어보고 대답에 귀 기울이면서 몸과 대화를 나눈다.

달리기에 익숙해지면 '벌레 소리가 들려', '오늘은 공기가 깨끗하구나', '벌써 매화가 피었네' 하며 평소에 잘 사용하지 않던 감각이 활발히 움직인다.

아침부터 저녁까지 사무실에 갇혀 있다시피 일하다 보면, 하늘이 어떤 색을 띠고 구름이 어떻게 흘러가는지, 바람 냄새는 또 어떤지 들여다볼 여유가 없다. 달리기를 하면, 일만

할 때는 무감각했던 자연의 변화에 눈뜨면서 사계절을 즐길 수 있다.

달리기를 통해 고민이나 문제를 해결하지 못할 때도, 새로운 아이디를 떠올리지 못할 때도 많다. 하지만 그래도 괜찮다. 내가 달리는 이유는 어디까지나 잠시 현실에서 벗어나 긴장을 풀기 위해서니까.

'오늘은 꽃이 예쁘게 피었네', '하늘이 참 맑구나', '아이들이 천진난만하게 웃는구나' 하는 것들을 느끼는 사이 자연스레 머릿속이 말끔히 정리된다. 밖에서 달리지 않았더라면 누릴 수 없었던 행복과 희열이다.

달리는 동안은 되도록 내 머리와 마음을 지배하는 짐을 벗어두려고 한다. 달리는 시간을 빼고는 잠을 자든 밥을 먹든 종일 일과 생활에 관한 고민에 휩싸여 있으니까. 달리기는 나를 그런 생각에서 해방시킨다. 이렇게라도 하지 않으면 일의 퀄리티를 유지할 수 없다.

어쩌면 이 점이 달리기가 내 삶의 버팀목이 된 큰 이유 중

하나일지도 모른다. 어떤 의미에서 달리는 시간은 비현실적이며 현실 도피가 가능한 시간이기에 달리기는 나의 도피처라고 할 수 있다. 겨우 한 시간 현실에서 도망칠 뿐인데 홀가분한 마음으로 돌아온다면 꽤 크게 남는 장사가 아닌가.

제법 그럴싸하게 달리게 되면, 마라톤 대회에 나가고 싶어지기 마련이다. 요즘은 마라톤 대회도 각양각색이다. 5킬로미터, 10킬로미터, 하프코스, 풀코스는 기본이고, 100킬로미터 마라톤에 트라이애슬론도 있다. 관심이 있으면 자기에게 맞는 대회를 찾아서 자유롭게 참여하면 된다.

어디에서 어떤 대회가 열리는지 인터넷으로 검색해보면 바로 알 수 있다. 마음에 드는 대회를 찾아서 신청하고 나면 대회 당일까지 딱히 준비할 것도 없다.

마라톤 대회는 생활습관으로 혼자 하는 달리기와는 전혀 다른 분야다. 마치 축제 같다고나 할까. 축제에 참가하는 데 특별한 연습은 필요 없다.

물론 몇 위 안에 들고 싶다거나 목표 시간 내에 결승선을 통과하고 싶다면 거기에 맞는 연습이 요구된다.

분명히 말하건대, 나는 평소 생활을 다잡기 위해서 달리는 사람이라서 경주에 그다지 의미를 두지 않는다. 그런데도 매년 타이베이 마라톤과 쇼난 국제마라톤에 참가하는 건 낯선 거리를 달리는 맛이 있기 때문이다. 타이베이 거리를 달리고, 쇼난 지역의 바다를 바라보며 달리면서 환희에 찬다.

도쿄에 살아서인지 솔직히 말해서 도쿄 마라톤에는 구미가 당기지 않는다. 도쿄의 경치는 구석구석 훤히 꿰뚫고 있기 때문이다. 타이베이, 쇼난, 하코다테, 뉴욕 등은 내 발로 돌아다닌 적이 없었다. 그렇기에 그 지역을 달려보고 싶은 마음에 대회 신청서를 내게 된다.

마라톤 대회는 한 지역을 방문하는 계기가 되기도 한다. 달리기 좋은 동네라는 감이 오면 경주에 참가하기 위해 짐을 꾸려 여행을 떠난다. 여행지에서 풍경을 감상하면서 달리면 아주 특별한 여행을 즐길 수 있다.

지금은 대회 신청도 인터넷으로 쉽게 가능해서 국내든 해외든 가리지 않고 출전할 수 있다.

다양한 마라톤 대회 중에서 레저 느낌이 강한 대회는 어쩐지 좀 아닌 것 같아서 끌리지 않는다. 나는 그 지역의 경치를 감상할 수 있는 대회가 좋다.

도쿄에서 타이베이는 비행기로 네 시간 거리여서 마음만 먹으면 훌쩍 떠날 수 있다. 특히 지금 타이베이 마라톤은 열기가 대단하다. 언덕 위에서 출발해서 해안선까지 달리는 하코다테 마라톤도 한번 달려보고 싶다. 후쿠오카 마라톤과 교토 마라톤도 좋다고 들었다. 어디든 도시에서 개최되는 마라톤 대회는 전부 매력적이다.

두 시간 계속 달리기

마라톤 대회에 나가기 위해선 두 시간 내내 달릴 수 있는 체력만 있으면 충분하다고 생각한다. "지금부터 두 시간 동안 뛰고 오세요!"라는 말이 떨어지자마자 "네, 알겠습니다"라며 총알처럼 뛰어나갈 수 있는 체력을 갖는 것이 여러 목표 중 하나다.

사람이 두 시간 동안 쭉 같은 동작을 반복하기란 너무 단조로워서 오히려 더 힘들다. 달리고 난 뒤 호흡이 들쑥날쑥하지도 않고 다음 날은 아무 일도 없었다는 듯이 회사에 출근할 수 있다면 더할 나위 없이 좋겠다.

20킬로미터를 뛰고도 보통 때와 별반 다르지 않은 상태를 유지하는 것이 내 목표다. 더 큰 욕심은 부리지 않는다. 더 이상 욕심내면 훈련도 더 해야 하니까.

'두 시간 계속 달리기'란 누구에게나 꽤 괜찮은 목표라고 생각한다. 이걸 해내면 다음에는 마라톤 풀코스를 목표로 삼을 수도 있다. 7킬로미터 45분 속도로 두 시간을 달리면 약 20킬로미터가 되므로 하프코스와 맞먹는 거리를 달리는 셈이다. 앞으로 언제든지 20킬로미터를 달릴 수 있는 상태를 유지하는 것이 목표다.

나는 지금 일주일에 세 번씩 10킬로미터를 한 시간 페이스로 달리고 있다. 20킬로미터를 주 3회 달리면 체력적으로 힘들어져 어떤 식으로든 일상생활에 영향을 미친다. 즉, 선을 넘게 된다는 뜻이다. 당분간은 이 페이스와 주행거리를 지키다가 조금씩 늘려볼 생각이다. 그러다 보면 언젠가 20킬로미터를 달려도 다음 날 아무렇지 않은 순간이 오지 않을까?

무리하지 않는 선에서

컨디션이 안 좋은 날은 마음먹은 거리를 달리지 못할 때도 있다. 또 어디가 아프면 무리해서 달리지 않는다.

기분 좋은 상태를 유지할 목적으로 하는 달리기이기 때문에 그때그때 몸 상태를 살피면서 달리는 게 바람직하다고 생각한다. 부상으로 한 달 넘게 달리기를 중단하면서 얻었던 깨달음이다.

또다시 부상을 당하지 않기 위해, 나는 늘 몸과 대화하면서 억지로 달리지 않기로 결심했다. 오늘은 날씨가 맑고 기분이 좋으니까 평소보다 더 오래 달려야겠다는 마음이 들면 그렇게 하면 된다. 달리기 시작했더라도 몸이 불편하면 집으로 돌아간다.

대신 몸 상태만 괜찮다면 정해놓은 거리를 규칙적으로 달린다. '내일은 바쁘니까 오늘은 좀 적게 달려야겠다'는 식으로 체력을 안배하지는 않는다.

지금은 20킬로미터를 달린다고 해서 몸이 상하는 일은 거의 없다. 그러니까 오늘 달린다고 내일 끙끙대는 일도 없다. 10킬로미터 경주에 나가도 지장이 없는 건 마찬가지다. 대신 마라톤 풀코스를 달리면 다음 날까지 후유증이 남는다.

이처럼 일상생활에 방해가 되지 않으니까 달리기를 오래 계속할 수 있었고, 지금도 방해가 되지 않는 선에서 달리고 있다.

나이와 사이좋게 산다

"마음 편하게 살면서 일에서 목표를 달성하려면 무엇이 필요합니까?"

만약에 이런 질문을 받는다면 나는 거침없이 "달리기가 필요합니다"라고 대답할 것이다. 내 삶에서 달리기를 빼면, 나는 더는 성과를 내지 못할 것만 같다. 그만큼 달리기는 내 삶에 깊이 밀착되어 있다.

이렇게 느끼는 건 어쩌면 나이와 연관이 있을지도 모른다. 30대에서 40대까지와 40대에서 50대까지 일어나는 심신의 변화는 차원이 다르다. 나이를 먹으면서 사회적인 유대가 더 강해지고, 그만큼 책임도 무거워진다. 젊은 시절에 비해서 누군가의 의논 상대가 되어주거나 올바른 판단을 내려야 하는 일이 압도적으로 늘어나므로 느긋하게 뒷짐 지고 있을 여유가 없다.

나이를 먹어서 편해지는 건 하나도 없다. 오히려 요구사항만 늘어나는 통에 머리를 싸매고 문제를 해결해야 한다. 항상 힘써 갈고닦지 않으면, 냉혹한 현실 앞에서 무릎을 꿇을 수밖에 없다.

다들 저마다 한계점에서 간신히 버티고 있기 때문에 하나라도 균형이 깨지면 곧바로 병원행이다. 하루하루가 아슬아슬한 줄타기이므로 심신이 나쁜 상태에 빠지지 않도록 스스로 알아서 관리해야 한다. 이런 현실은 위인이고 일반인이고 똑같다.

달리기는 나이 들며 느끼는 이런 삶의 무게감을 견뎌내고 균형을 유지할 수 있는 힘을 내게 주었다. 50세부터의 인생에 달리기가 부여하는 은혜는 이루 다 말할 수 없다.

내가 계속 도전할 수 있는 이유

나이가 몇이든 계속 나아지고 싶다는 향상심을 갖는 것은 중요하다. 향상심은 나이에 따라 그 의미가 조금씩 달라진다는 생각이 든다. 50세를 넘으면, 향상심이란 '아직 인생을 포기하지 않는다'라는 뜻이 될 수도 있다.

"50이나 됐는데 뭐 어때. 집도 있지, 차도 있지, 돈도 있지, 애들도 다 컸겠다, 이제 도전 같은 건 할 필요 없어. 앞으로는 무리하지 말고 연금이나 받으면서 편하게 살아야지."

주위에 이렇게 말하는 사람이 많다. 그런데 이런 사람이 앞으로도 성장할 수 있을까? 대답은 명백히 '노'다. 만약 여기서 멈추지 않고 계속 성장하기를 원한다면, 더 많이 도전하고 노력에 노력을 거듭해야만 한다.

우리는 살면서 다양한 성장을 기대한다. 건강을 유지하길 원하고, 생각과 지식을 늘리면서 자신을 성장시키고자 한다. 혹은 더 많은 변화를 꿈꾼다. 건전한 성장에는 고난의 길이 동반되고 용기도 필요하다.

하루는 24시간밖에 없고, 나라는 사람도 한 명밖에 없어서 지금까지 계속하던 무언가를 그만두지 않으면 새로운 일을 시작할 수 없을 때도 있다. 그래도 성장을 향한 강한 의지만 있으면, 언제든지 도전을 계속할 수 있다.

나이를 먹을수록 힘든 일이 늘어날지라도 끊임없이 도전하는 자세가 중요하다. 나는 내가 어떻게 변화될지 흥미진진하다.

물론 도전에는 위험이 따른다. 내게 허락된 시간을 어디에 쓰느냐는 일종의 투자라 볼 수 있다. 시간을 투자했지만 빈손으로 돌아올 때도 있고, 시간을 투자한 만큼 성과를 얻을 때도 있다.

특별히 50세가 넘으면 시간을 어떻게 쓸지 더 진지하게 고민해야 한다. 나는 제한된 시간 중 일부를 달리기에 할애하고 있다. 달리기는 신이 인간에게 하사한 은총이라고 생각한다. 장기적인 관점에서 볼 때, 달리기를 통해 나에게 무슨 일이 일어날 거라는 희망을 주기 때문이다. 종일 집중해서 일하고 나면 몹시 피곤하지만, 그래도 매일매일은 즐겁고 상쾌하다.

체력은 돈으로 살 수 없다

나는 날마다 새로운 일에 도전하며 살고 싶다. 그러려면 강인한 육체가 꼭 필요하다. 건강은 돈으로 살 수 없으므로 꾸준히 시간을 들여서 만들어가야 한다. 아무리 돈이 많은 사람도 복근은 살 수 없다. 누구나 공평하게 노력해서 얻는 방법밖에 없다.

나는 딱히 사교성이 좋은 사람이 아니다. 그런 의미에서도 달리기를 만난 건 크나큰 행운이었다. 늘 일거리가 산더미같이 쌓여 있고 일에 쫓기는 날이 많아서 달릴 시간을 내기가 여간 힘들지 않았다. 그래도 단념하지 않고 계속한 이유는 달리기가 내 생활의 일부로 자리 잡아서였다. 달리면서 느끼는 편안하고 즐거운 기분이 내겐 너무 소중하다.

달리기를 생활의 일부로 받아들이는 사람에겐 어떤 것이든 얻는 수확이 있을 거라 믿는다.

'앞으로 어떻게 살 것인가?'
'어떻게 사람들과 교제하고 관계를 쌓아갈까?'
'어떤 식으로 일해야 할까?'

달리기는 이러한 질문에 답을 찾는 실마리가 될 수 있다. 계속 달리다 보면 어느덧 나처럼 50대가 됐을 때, 어떤 힌트나 돌파구를 얻을지도 모른다.

나이를 먹을수록 체력은 조금씩 떨어지기 마련이다. 특히 마흔다섯부터는 직접적으로 느낄 정도로 체력이 급격히 하강한다. 운동과 담을 쌓고 살면, 어느새 팔다리가 약해지고 뼈마디도 쑤시기 시작한다. 아무리 더 성장하고 싶고 도전하고 싶다고 발버둥 쳐봤자 안타깝게도 몸이 따라주지 않는다. 그런 불상사가 생기기 전에 기초체력을 다져야 한다. 공들여서 강인한 육체를 손에 넣게 되면, 몇 살이 되더라도 새로운 일에 도전할 수 있다.

의지가 강한 사람은 대체로 달리기를 즐긴다. 반면 "어차피 난 안 돼"와 "다 귀찮아"라는 말을 입에 달고 사는 사람은 절대 달리지 않는다. 이런 사람은 회사에서도 불평불만만 늘어놓을 뿐 아무런 시도도 하지 않는다. "그럼 회사를 그만두는 게 어때?"라고 충고하면 "먹고 살아야 하니까 그건 안 되지"라고 대답한다.

정신적인 면에서든 육체적인 면에서든 자신의 한계에 부딪힌 후에 '이대로는 안 돼'라는 위기감을 느끼고 달리기 시작한 사람이 부지기수로 많다.

인생도 일도 50세부터 시작이다. 지금까지는 준비기간이었으며 이제야 내 차례가 왔다고 생각하면 된다. 내게 필요한 게 뭔지 확인하고, 해야 할 일과 안 해도 되는 일을 철저히 구분한다. 그러려면 내 생활과 시간을 빈틈없이 관리할 수 있어야 한다.

40대까지는 그저 맡겨진 일에 죽어라 매달려야 했지만, 50대부터는 진정으로 원하는 일에 열정을 쏟아부을 수 있는 여유가 생긴다. 그때 뜻하는 바를 이루려면 체력이 필요하다. 마음 근육 관리도 빠뜨릴 수 없다. 그런 의미에서도 달리기는 특효약이 아닐 수 없다.

빨리 달리려고 욕심내면 끝이 없다. 나는 거기에 목표를 두지 않았다. 어디까지나 아름답게 달리고 싶다.

아름답게 달리고 싶은 사람을 위한 본보기는 많다. 이를테면 텔레비전 마라톤 중계도 도움이 된다. 선두 그룹 선수들에게는 오로지 달리기 위해서 갈고닦은 아름다움이 있다.

나는 그들이 달리는 모습을 보면서 배운다. 결국, 아름답지 않으면 장거리를 뛸 수가 없다. 일류 선수는 궁극의 달리기에 아름다움이 있음을 알고 있으리라. 그렇기에 자세를 연구하고 어떤 순간에도 아름답게 달리기 위해 연습하는 게 아닐까.

물론 선수마다 발견되는 아름다움은 다르다. 달리는 자세도 다르다. 보폭이 좁고 상체에 움직임이 없는 선수, 손발을 크게 흔들면서 역동적으로 달리는 선수……, 특징은 십인십색이어도 한결같이 아름답다. 나는 그들을 보면서 솔직하게 '정말 아름답다, 나도 저런 경지에 가까이 가고 싶다'라며 감동한다.

아름다움은 감동을 자아낸다. 나는 그 아름다움의 실체가 무엇인지 앞으로도 계속 알아가고 싶다.

달리기뿐 아니라 삶의 모든 영역 가운데 아름다움은 내재하고 있다. 어쩌면 나는 내 삶 속에 숨어 있는 사소한 아름다움을 발견하고 싶은 것인지도 모른다.

• 옮긴이의 말 •

달리기에 대체 뭐가 있는데요?

그때까지 잘 다니던 회사를 그만두고 번역가가 되기 위한 공부를 시작한 건 2009년 여름이었다. 쉽지 않은 선택을 한 나 자신에게 박수를 보내며 희망에 부풀어 있던 시간이 지나고 나자 슬금슬금 현실적인 두려움이 찾아오기 시작했고 자신감은 어디론가 사라졌다.

10년 내내 한길만 걷다가 적지 않은 나이에 방향을 틀고 새로 시작하다니, 이게 얼마나 무모한 짓인가. 글도 잘 쓰고 일본어 실력도 뛰어난 사람이 이렇게 많은데, 내가 과연 이 '길'에서 살아남을 수 있을까?

당시 내가 다녔던 번역아카데미에는 이미 번역가로 활동하는 사람도 있었다. 또 그게 아니더라도 적어도 나처럼 이

제 막 출발선에 선 사람은 하나도 없어 보였기에 나는 점점 더 주눅이 들었다.

밤잠을 설칠 정도로 불안하고 초조했던 그 시기를 버틸 수 있게 해준 건 무라카미 하루키가 쓴《달리기를 말할 때 내가 하고 싶은 이야기》라는 한 권의 책이었다. 나는 일본 문학을 전공하는 학생이었을 때부터 하루키의 팬이었다. 더 솔직히 고백하자면, 일본 문학을 번역하는 사람이 되고 싶다는 꿈을 꾸게 된 배경에 그가 있었다. 그랬기에 운동이라면 진저리를 치고 평생 한 번도 내 의지로는 달려본 적 없으면서도 하루키의 '달리기' 책을 손에 들고 다녔다.

하루키는 전업 소설가로 살아가기로 결심한 이후부터 본격적으로 달리기를 시작했다. 긴 인생을 글 쓰는 사람으로 살아가려면 '체력'과 '지구력'을 길러야 한다는 게 그 이유였다. 그는 서른세 살 때부터 매일매일 '집중'해서 달리고, '집중'해서 소설을 쓰는 삶을 살았다. 그리고 당시 그 책을 손에 들었던 내 나이도 서른셋이었다. 비록 그의 책을 통해 달리기를 배우지는 못했지만, 그 대신 '체력'과 '집중력', '지구력'을 배웠고, 덕분에 인생의 새로운 분기점에서 느꼈던 불안을 이겨내고 지금껏 버틸 수 있었다.

하루키가 쓴 달리기 책을 읽은 지 10년이 지난 시점에 나는 운명처럼 또 한 권의 달리기 책, 마쓰우라 야타로의《삶이 버거운 당신에게 달리기를 권합니다》를 만났다.

달리기를 소재로 한 책이라는 이유만으로 오래전에 읽었던, 내가 번역가로 살아가는 데 필수 불가결한 요소가 된 세 가지 힘(체력, 집중력, 지구력)을 가르쳐주었던 달리기 책이 떠올라서 이 책을 꼭 읽어보고 싶었다. 말로는 설명할 수 없지만, 이번에도 달리기를 통해 나에게 무언가를 가르쳐주리라는 막연한 기대도 있었다. 실제로 그 기대는 빗나가지 않았다.

두 책은 달린다는 행위를 축으로 이야기를 풀어가긴 하지만, 절대로 '본격 달리기 권장 도서'가 아니라는 공통점이 있다. 둘 다 자신이 왜 달리는지, 달리기가 왜 필요했는지, 달리면서 삶이 어떻게 달라졌는지 이야기하지만, 그러니까 당신도 달리라며 강요하지 않는다. 오히려 '나는 달리기를 좋아하고, 달리기가 잘 맞다. 꼭 달리기가 아니더라도 당신도 당신에게 잘 맞는 걸 찾아서 열심히 하면 된다'라고 그저 어깨를 툭 치고 지나갈 뿐이다.

그런데 신기하게도 이 책을 읽고 번역하는 내내 '나도 빨리 달리기를 시작해야지!' 하는 마음이 절로 들면서 엉덩이가 들썩거렸다.

그렇다. 이 책은 10년 전에 나의 새로운 출발을 응원하(는 것 같았)고 지지해주(는 것 같았)던 무라카미 하루키도 할 수 없었던 일, 바로 나를 '달리는 사람'으로 만드는 데 성공하고 말았다.

나와 오래 알고 지낸 사람들이 배신감을 느낄까 봐 털어놓지 못했는데, 이 책의 번역을 시작한 이후로 요즘 나는 달린다. 비록 거리도 짧고, 시간도 짧지만 말이다. 아직 달리기를 시작한 지 얼마 되지 않았지만, 일상에 달린다는 행위 하나를 더하는 것만으로도 삶이 더 깊어지고 윤택해진다고 했던 저자의 말을 날마다 몸으로 느끼면서 곱씹고 있다.

10년 전에는 가능하면 안 달려도 되는 인생을 살고 싶었던 내가 이 책을 읽고 달리기를 시작하게 된 건 운동과 건강에 관심을 가져야 할 만큼 나이가 들었기 때문인지도 모른다. 이 책의 저자가 긴장과 스트레스를 해소하고 현실에서 도피할 수단으로 달리기를 시작했던 건 마흔세 살의 겨울이었다. 그리고 지금 나는 딱 그 나이를 살고 있다.

인정하기 싫어도 나는 이제 더는 청년이 아니다. 모니터 앞에 앉아서 작업할 때면 예전보다 더 빈번하게 어깨가 결리고 손목 통증도 찾아온다. 누가 그랬던가. 몸이 아프면 마음도 여려진다고. 청년이 끝나고 중년이 시작된 신호인지 여기저기 아플 때마다 '내 인생의 봄날은 이제 끝난 건가?', '지금껏 헛스윙만 하고 산 건 아닐까?' 하며 한숨이 새어 나왔다. 그 순간에 이 책을 읽고, 달리기를 시작하고, '체력'과 '집중력'과 '지구력'이 한 단계 업그레이드되는 과정을 경험하면서 내 안에서 무언가가 변하기 시작했다. 이 책에서 배울 수 있는 것은 달리기만이 아니었다.

그런 의미에서 나는 이 책을 달리기에 관심이 있는 사람뿐만 아니라 달리기에는 딱히 관심 없지만 더 나은 삶에는 관심 있는 사람에게도 추천하고 싶다. 나처럼 이제 청년이 아닌 건 인정하지만 중년이라는 사실을 받아들이기 힘든 사람들이 중년의 삶을 살아가는 태도에 관한 저자의 이야기를 들으면서 지친 마음을 위로받고 자기 안에 있던 새로운 가능성에 눈을 뜨게 되리라고 기대한다.

꼭 달리기가 아니더라도 주어진 삶을 더 잘 살기 위해 자신에게 필요한 것이 무엇인지 자신과 잘 맞는 것이 무엇인지 찾고 집중해보고자 하는 마음이 들 것이다.

개인적으로는 한계치까지 달려보고 나서 자신에게 맞는 달리기 페이스를 알아냈다는 저자의 말이 마음에 남았다. 달리기 새내기인 나는 아직 한계를 느낄 만큼 달려보지 않았다. 또 번역이라는 길에서도 꾸준히 걷기만 했지 한계치까지 달린 적이 없었다.

올해는 달리기에서도 번역에서도 한계치까지 달려보면서

내가 달린 길에 발자국을 뚜렷이 남기는 한 해를 만들고 싶다. 10년이 지나서 달리기 책을 또 만나게 될지는 모르겠지만, 그때까지 계속 달리는 번역가로 남아 있고 싶다.

김지연

옮긴이 **김지연**

경북대학교 일어일문과를 졸업하고, 도쿄 인터컬트일본어학교에서 어학연수를 마쳤다. 졸업 후 일본 기업에서 수년간 통역과 번역 업무를 담당했다. KBS 방송아카데미 영상번역 과정과 바른번역 아카데미 출판번역 과정을 공부하며 번역가의 꿈을 키웠다. 번역가로 활동하면서 국립국어원 교정 · 교열 과정을 수료하고, 도쿄 인터스쿨 한일 통번역 과정을 수료했다. 옮긴 책으로는 《아빠처럼 되고 싶지 않아》, 《숙제 안 하는 게 더 힘들어》, 《소설 쓰는 소설》, 《나는 앞으로도 살아간다》, 《소원이 이루어지는 신기한 일기》, 《소원 자판기》 등 다수가 있다.

삶이 버거운 당신에게
달리기를 권합니다

초판 1쇄 인쇄 2020년 4월 1일
초판 1쇄 발행 2020년 4월 10일

지은이 마쓰우라 야타로 | 옮긴이 김지연

펴낸이 김남전
편집장 유다형 | 기획·책임편집 이정순 | 디자인 정란
마케팅 정상원 한웅 정용민 김건우 | 경영관리 임종열 김하은

펴낸곳 ㈜가나문화콘텐츠 | 출판 등록 2002년 2월 15일 제10-2308호
주소 경기도 고양시 덕양구 호원길 3-2
전화 02-717-5494(편집부) 02-332-7755(관리부) | 팩스 02-324-9944
홈페이지 ganapub.com | 포스트 post.naver.com/ganapub1
페이스북 facebook.com/ganapub1 | 인스타그램 instagram.com/ganapub1

ISBN 978-89-5736-008-8 03830

※ 이 도서의 국립중앙도서관 출판시도서목록(CIP)은 서지정보유통지원시스템 홈페이지(http://seoji.nl.go.kr)와 국가자료공동목록시스템(http://www.nl.go.kr/kolisnet)에서 이용하실 수 있습니다.(CIP제어번호: CIP2020010701)